Anna Average

Alles Alltag, oder was?

Durchschnittswahnsinn von A bis Z

Impressum

Um Bibliotheken bei der Erfassung eines Titels mit ISBN eine Hilfestellung zu geben, empfiehlt die Deutsche Nationalbibliothek, den sogenannten „Standardvermerk" ins Impressum aufzunehmen. Dieser lautet: Bibliografische Information der Deutschen Nationalbibliothek: Die Deutsche Nationalbibliothek verzeichnet diese Publikation in der Deutschen Nationalbibliografie; detaillierte bibliografische Daten sind im Internet über dnb.dnb.de abrufbar.

© 2025 Anna Average
Verlag: BoD · Books on Demand GmbH, Überseering 33, 22297 Hamburg, bod@bod.de
Druck: Libri Plureos GmbH, Friedensallee 273, 22763 Hamburg
ISBN: 978-3-8482-6422-3

Vorwort

In einer lauten und teilweise extremen Welt gibt es eine Spezies, die im tiefen Dunkel Höchstleistungen bringt: Die „normale Ü40" Frau in ihren vielen verschiedenen Rollen: als Mutter, Angestellte, Chauffeur, Koch, Coach, Freundin, Schwester, Nachbarin, Tochter, etc.

Da gibt es dann Zeiten, in denen man nur mit einem Augenzwinkern, Selbstironie und einem erheiternden Blick auf den Alltag Situationen aufgreifen kann, die viele Frauen – und vielleicht auch einige Männer – nur allzu gut kennen: das Chaos zwischen Karriere und Kindergeburtstag, das Navigieren durch Arbeits- und Freundschaftsdynamiken oder die kleinen (aber nicht minder brisanten) Momente im Familienleben. Frei nach dem Motto: lieber mit Humor als mit Alkohol oder Antidepressiva.

Und da ich weiß, dass man in dieser Situation weder die Zeit noch die Muse hat, sich einen 400-Seiten Roman einzuverleiben, bietet dieses Buch „Häppchen für Zwischendurch".: Geschichten von A wie Alltagsdesign bis Z wie Zentralgestirne.

In diesem Sinne: gönnt Euch eine kleine Auszeit im Alltag und wisst: Ihr seid nicht allein!

Alltagsdesign

Es gibt zwei Arten von Designern von Alltagsgegenständen. Diejenigen, mit, und diejenigen ohne eine Ahnung davon, was Alltag eigentlich bedeutet.

Leider überwiegt im Moment die Fraktion derer „mit ohne Ahnung". Wir haben ein echt süßes Alltagsgeschirr. Schwarz mit weißen Pünktchen, weiß mit schwarzen Pünktchen, mit weißen, oder schwarzen Streifen. Super Mix-und Match sozusagen, tolles Design. Leider in keiner Weise alltagstauglich. Zumindest die Tassen, denn die kann man einfach nicht stapeln, was zwangsläufig dazu führt, diese Tassen platzfressend eine neben die andere zu stellen, oder, wenn man doch versucht, sie zu stapeln, beim Öffnen des Geschirrschranks seine Reflexe zu trainieren, da einem die Tassen mit schöner Regelmäßigkeit entgegenfallen.

Die Verpackungsdesigner für Milchkartons sollten jeden Morgen durch Deutschland tingeln, um diesen kleinen, fiesen Plastikkreis aus der Öffnung zu pulen. Ja, genau der, dessen kleiner Nippel entweder abreißt, oder der beim Abziehen immer genau drei Tropfen Milch in mein Gesicht befördert. Leute, das muss doch besser gehen?!

Ich benutze eine für meine Haut optimale Creme mit einem Pump-Spender. Creme super, Verpackung Mist. Denn jeden

Morgen klebt von der Benutzung am Vorabend eine Art getrockneter Cremepopel an der Öffnung, der dann abgefummelt werden muss, um die Creme wieder zu benutzen.

Mein Lieblingsparfum ist in einem fast quadratischen Flakon. Mit nach innen gewölbtem Boden und einem relativ kurzen „Ansaugrohr" für die Pumpe. Das bedeutet, alles ist gut, solange das Parfum noch voll ist. Im Moment habe ich nur noch einen kläglichen Rest, der dann von einer Ecke in die andere, immer am Saugrohr vorbei, am nach innen gewölbten Boden vorbei rinnt. Ich komme nicht dran, egal in welchem kreativen Winkel ich beim Sprühen die verdammte Flasche halte. Es wird mir nichts anderes übrigbleiben, als mir ein Schwert zu besorgen, um den Flakon zu köpfen, damit ich an diesen Rest herankomme. Was die Russen mit Champagner können, werde ich doch wohl mit einem Parfumflakon hinkriegen! Bei den Preisen werde ich keinen Tropfen verkommen lassen!

Super sind auch die Aufsätze unserer elektrischen Zahnbürste. Man zieht sie ab, stellt sie nach dem Ausspülen auf das Waschbecken und mit schöner Regelmäßigkeit fallen sie um und segeln durch das Waschbecken Richtung Abfluss. Warum kann man diese kleinen Mistdinger nicht so herstellen, dass sie stehen bleiben? Ist das zu viel verlangt?

In der letzten Zeit gib es aber einige Gegenbeispiele. Dem Erfinder des Gummibundes, der mithilfe von Knöpfen den Bund von Kinderhosen anpassen lässt, gehört das große

Bundesverdienstkreuz verliehen. Nie wieder Diskussionen über Hosenträger oder Gürtel, die entweder zu weit, zu eng, oder einfach verschwunden sind.

Und seit wann gibt es Socken mit aufgedruckter Größenangabe auch für Erwachsene? Eine brillante Erfindung, die von jemandem stammen muss, der versucht hat, schwarze Socken einer vierköpfigen Familie mit Schuhgrößen 35, 37, 39 und 42 zu sortieren.

Also, wer auch immer eine Idee für ein neues Alltagsdesign hat, sollte mich kontaktieren. Ich probiere das erst mal aus, ob es funktioniert. So im Alltag.

Altmodisch

Wenn man ein bisschen altmodisch ist, lebt man in einer heilen Welt.

Alle Menschen, die man persönlich trifft, sind in der Regel freundlich, einem Smalltalk nicht abgeneigt, und man geht frohen Mutes wieder seiner Wege. Dass andere Menschen über einen selbst sprechen, macht sich höchstens in kurzen Nebensätzen bemerkbar, etwa, wenn in einem Gespräch mit einer Bekannten und deren Freundin diese sagt: „Ach, das ist also IHR Sohn, der so viele Legos hat?"

Oder man hört beiläufig, dass eine Nachbarin meinen Göttergatten als „schlechtgekleidetsten Mann" der gesamten Stadt bezeichnet hat. Derartige Bemerkungen erfährt man so selten, dass sie eher amüsant als ärgerlich sind. Man geht also einfach davon aus, von der ganzen Welt geliebt, geachtet, und respektiert zu werden.

Wie schrecklich ist es, wenn mir meine Tochter Bilder zeigt von halbnackten Mädchen mit „komm und nimm mich" Blick, Kommentare wie „fett bist du geworden" und Porträts, die mit einem roten Kreis um eine Pickelansammlung von Besuchern von sozialen Medien verunstaltet werden. Die arme Generation Internet! Nie werden sie in einer solch schönen heilen Welt leben wie ich.

Alzheimer

Man sollte über die Krankheit keine Witze machen. Insbesondere dann nicht, wenn man als Kind den geistigen Verfall seines Großvaters hautnah miterlebt hat.

Aber manchmal frage ich mich, ob es bei mir auch schon so weit ist. Ich gehe in den Keller, um Butter aus dem unteren Kühlschrank zu holen. Und komme dann, nachdem ich nebenan in der Waschküche die Wäsche gefaltet habe, mit einem Glas Gurken nach oben.

Oder ich husche auf dem Rückweg eines Chauffeur-Jobs schnell in den Supermarkt, um Rapsöl zu kaufen. Vierzig Euro später habe ich Eis, Schuhcreme, Milch, Orangen, Zwiebeln, und zwei Flaschen Ramazotti aus dem Angebot im Einkaufskorb, an dem ich mich fast totschleppe, weil ich ja eigentlich nicht einkaufen wollte, und daher keinen Wagen genommen hatte. Aber Rapsöl habe ich nicht.

Kürzlich saß ich bei minus zwei Grad auf dem Pferd. Beim Traben hatte ich ein komisches Gefühl, weil – sagen wir einmal – meine „Vorderfront" frei schwingend die Pferdebewegungen mitmachte. Ich fluchte über den BH, dessen Verschluss sich wieder selbständig gemacht hatte. Ich stoppte, und versuchte, durch mehrere Lagen meines Zwiebellooks (die unterste Lage ist –ganz sexy- T-Shirt in die Unterhose gestopft) mit meinen eiskalten Fingern zu meinem BH-Verschluss vorzudringen, um ihn wieder zu schließen. Ich fummelte und fummelte, bis ich endlich bemerkte, dass es nichts zum Schließen gab. Ich ganz einfach vergessen hatte, einen BH anzuziehen!

An manchen Tagen bewundere ich mich selbst dafür, dass ich ohne gelben Post-it daran denke, ein-und auszuatmen!

Mein Göttergatte hat vor dem Faktor Gehirnschwund kapituliert. In der Küche haben wir einen ganzen Stapel kleiner, laminierter Karten, auf denen Dinge wie „Waschküche offen!", „Fenster Schlafzimmer!", oder „Gießen!" stehen. Jetzt müssen wir nur noch daran denken, die richtigen Karten aufgedeckt dorthin zu legen, wo man sie sieht, die Dinge zu tun, die auf den Karten stehen, und die Karten wieder wegzuräumen, wenn man eine Aufgabe erledigt hat. Ich muss dafür mal eine Karte basteln.

Abendgespräche

Im Sommerurlaub fahren wir meist auf einen sehr familiären österreichischen Reiterhof, auf dem ich als Kind viele großartige Sommerferien verbracht habe.

Wir Kinder ritten den ganzen Tag, machten Unsinn in Heu und Stroh, verliebten uns ein bisschen in die wenigen Jungs, die anwesend waren, und sahen unsere Eltern höchstens kurz zum Frühstück und Abendessen. Und fanden das fantastisch – wie die Erwachsenen wahrscheinlich auch. Und was soll ich sagen, das ist heute noch so wie damals. Nur mit kleinen Unterschieden.

Zum einen fühle ich mich natürlich viel jünger, als mir meine Mutter damals vorkam. Was Quatsch ist, denn sie hat auf den Bildern von damals weniger Falten als ich heute. Zum anderen kann ich mich daran erinnern, wie die Erwachsenen früher (peinlich!) um einen riesigen Tisch herumsaßen, tranken, lachten, und laut irgendwelche „Lumpenlieder" sangen. Sie hatten einfach Spaß.

Heute arten die Erwachsenen Abendgespräche manchmal derart aus, dass mein Göttergatte und ich bei 15 Grad in Wolldecken nach Draußen flüchten, um den anderen Erwachsenen zu entfliehen.

Ganz ehrlich, wann fingen manche Eltern damit an, sich nur noch über ihre Kinder zu unterhalten?

Im Urlaub.

Mit anderen Erwachsenen, die diese Kinder höchstens flüchtig vom Frühstück oder Abendessen kennen? Und die diese einzelnen Mitglieder der Horde von langhaarigen, langbeinigen pubertierenden Mädchen sowieso nicht auseinanderhalten können?

Klar, schon früher hatte ich eine Mitschülerin, deren Mutter meine immer auf die andere Straßenseite trieb, da ihre Konversation grundsätzlich immer den Verlauf: „Hallo, wie geht's, also meine Petra ..." nahm.

Ähnlich ergeht es mir also nach einem schönen österreichischen 4-Gänge Abendessen, wenn ich Tiraden über Alex' Vorlieben bei Pferden, ihre Haltung bei der Galoppade auf dem rechten Zirkel, verbunden mit ihren schulischen Leistungen (gerne auch mit wörtlichen Auszügen aus ihrem Musikreferat), persönliche Schwächen und die damit verbundenen Zukunftsängste, ob das 13-jährige Mädchen den Numerus Clausus schafft, höre. Ich will fliehen. Ganz ehrlich es ist mir viel zu anstrengend, bei 3 Paaren am Tisch im Durchschnitt 6-8 Kinder therapeutisch zu analysieren.

Mein Göttergatte, der sich nur zu diesem Zweck und nur im Sommerurlaub dem Zigarrenrauchen hingibt, muss also als Ausrede dienen, warum wir nach Draußen müssen.

Während eines Urlaubs änderte sich nach einer Woche die Zusammensetzung der Gäste. Wir Erwachsenen saßen draußen, machten doofe Witze, über die wir uns fast totlachten, erzählten lustige Geschichten, und lachten und tranken.

Zum Glück fing niemand an zu singen, unsere Kinder hätten uns sonst unmöglich gefunden.

Aufklärung

Mein Sohn und ich saßen im Auto, als „Comedy" lief: „Sagte meine Frau zu mir, sie will zu Weihnachten etwas, was mit S anfängt und mit X aufhört. Sage ich: Was willst du denn mit einer Steinflex?" Haha. Plötzlich meldete sich von hinten eine Stimme: „Ich glaube, die Frau meinte etwas anderes. Ich glaube, sie wollte Sex." „Meinst du?" fragte ich neutral. „"Ja, bestimmt", antwortete mein Sohn. „Warum wollen Menschen Sex?" schob er hinterher. „Du weißt doch, dass man Sex braucht, um Babys zu machen." „Ach ja, stimmt!... Haben Papa und du auch schon mal Sex gemacht?" Weiterhin auf Neutralität und wissenschaftlichen Ernst bauend, sagte ich: „Naja, wir haben ja auch zwei Kinder, also ja. Schon zwei Mal"

Mein Sohn rollte fast aus seinem Kindersitz, er konnte sich kaum vor Lachen beruhigen. „Und wart ihr dabei nackig??" fragte er japsend. „Naja, das muss man ja, sonst ist es schwierig." sagte ich. „Und ihr habt noch nicht mal Socken angehabt??" „Und hat Papa dabei ohhohh gemacht" schob er hinterher und bewegte sein Becken rhythmisch vor und zurück. Zu Glück fuhren wir in diesem Moment vor unser Tor und er musste aussteigen, um es zu öffnen und mich hineinfahren zu lassen. Er stieg also aus, knallte seine flache Hand an seine Stirn und lachte weiter vor sich hin. „Da haben die zwei Sex miteinander! Ohne Socken" rief er fröhlich, während ich den Motor aufheulen ließ, um die ältere Dame, die gerade am Haus vorbeiging, etwas abzulenken.

Ich habe bisher noch nicht nachgefragt, warum sockenloser Sex offensichtlich noch lustiger ist als Sex mit Socken. Wer weiß, was er sonst noch alles genau wissen will, wenn ich das Thema anschneide.

Allerdings war die Woche noch nicht zu Ende. Eines Abends verkündete er, dass sein bester Freund es sich auch nicht vorstellen könne, dass seine Eltern Sex haben. „Ach, habt ihr darüber gesprochen?" fragte ich. „Nein, haben wir nicht, das hat er einfach so gesagt.", war die logische Erklärung. Aber es war die Woche des genau-Wissen Wollens.

Leider musste ich ein paar Tage später im Supermarkt zur Toilette, die besetzt war. Im Gang hing ein Automat, den sich mein Sohn genau anschaute. „Was ist das?" fragte er. „Kondome", sagte ich. „Und wozu braucht man die?" „Wenn man keine Babys will, aber trotzdem Sex haben möchte, macht der Mann das über seinen Penis und fängt den Samen auf." Wieder einmal war ich um faktische Aufklärung bemüht. Seine eigentlich zu erwartende Rückfrage erfolgte leider nicht sofort, sondern erst in der Schlange an der Kasse, wo er ebenfalls ein Päckchen Kondome entdeckte. Laut und deutlich fragte er: „Mama, wenn man Sex nur macht, um Babys zu bekommen, warum braucht man dann Kondome?"

Köpfe flogen herum und man wartete auf meine Antwort. Allerdings fiel mir nur ein schwaches „Das besprechen wir dann zu Hause" ein.

16

Es wird Zeit für einen ausgiebigen Aufklärungsunterricht in der Schule, vielleicht gibt es da ja auch ein paar Tipps für Eltern.

Aufregung

Ich rege mich ja ganz gerne auf, besonders über Kleinigkeiten.

Das ist gut für die Gesundheit, bringt den Kreislauf in Schwung und hat einen Seelen-reinigenden Effekt.

Einmal hochfahren, System auf Volllast bekommen, an der Decke kleben, wieder runterkommen, Thema durch. Danach bin ich wieder völlig normal und in keinster Weise nachtragend. Und somit bin ich kein Kandidat für ein Magengeschwür. Phänomenal.

Das Klischee des autofahrenden HB-Männchens erfülle ich natürlich auch. Linksabbieger, die nicht in die Kreuzung fahren, sondern mit kilometerweitem Abstand hinter dem Vordermann zum Stehen kommen – er könnte ja austreten- und mich damit direkt auf die Blitzer Induktionsschleife zwingen, entgehen nur knapp einer öffentlichen Steinigung.

Autofahrer, die auf meiner Rückbank Platz nehmen möchten, weil ich es 50 Meter vor einer roten Ampel wage, den Fuß vom Gas zu nehmen, möchte selbst ich als Pazifist ohrfeigen.

Und Fahrer von schwarzen Autos, die in der Dämmerung und bei Regen grundsätzlich ohne Licht fahren, müssten an den Ohren aufgehängt werden.

Ähnlich irre geht es im Supermarkt zu. Meine Tochter steht in der Schlange an der Kasse, ich komme mit dem Einkaufswagen nach und will zu ihr.

Eine Kampfseniorin versperrt mir mit ihrem Wagen und in die ausladenden Hüften gestemmten Armen den Weg. „Nicht vordrängeln!" knurrt sie mich an. „Ich drängle nicht, meine Tochter steht vor ihnen." „Aber sie nicht. Da könnte ja jeder kommen und jemanden schon mal in die Reihe anstehen lassen." „Ja, tun sie das doch", schlage ich ihr vor, „bringen sie beim nächsten Mal den Hexenmeister von zu Hause mit und stellen ihn hier vorne hin. " „Nein, ich lasse sie auf keinen Fall vor!" keift sie völlig außer sich.

Ich denke kurz darüber nach, der Dame die Temperatur zu fühlen, und meiner Tochter dann einzeln die Tomaten und Suppendosen nach vorne zu werfen, als ich den Blick meiner Tochter sehe: „BITTE, … nicht aufregen, bitte keine Aufruhr verursachen, bitte, lass die arme Irre leben, ich sterbe sonst vor Peinlichkeit…. bitte, bitte…".

Ich blicke von meiner Tochter zur grauen Ninja Kämpferin, werfe ihr ein cooles „Sie sind ja völlig unzurechnungsfähig" zu und wundere mich darüber, wie sich manche Menschen so völlig unnötig künstlich aufregen können.

Ball

Auch in diesem einen Jahr waren wir wieder privilegiert, einen der größten deutschen Bälle zu besuchen.

Mein Göttergatte fühlte sich sogar privilegiert genug zu sagen, dass er überhaupt keine Lust hatte, sich in einen Smoking zu zwängen und er daher dieses Jahr zu Hause bleiben würde. Seine „Geh du mal mit deinen Eltern und deiner Schwester und amüsiere dich" Aussage stieß in meinem Umfeld auf eine Mischung aus Unverständnis und Mitleid. „Wie ist die denn drauf, allein zu einem Ball zu gehen?", „Wahrscheinlich kriselt es bei den Beiden", „Die ist ja egoistisch und lässt den armen Mann allein zu Hause."

Und als dann klar war, dass ich auch noch bei meiner Schwester schlafen würde, sprachen die Blicke dann sowieso Bände.

Aber ganz ehrlich – erstens wäre mir eine Affäre viel zu anstrengend, ich bin ja schon froh, meinen Mann, die Kinder und meinen Job einigermaßen unter einen Hut zu bekommen. Und zweitens: in meinem Alter und nicht Cougar-mäßig getuned ziehe ich höchstens einmal den Blick eines 75+ Mannes auf mich, der aber dann - genau wie ich- jeglicher weiter Flirt Anstrengung völlig abgeneigt ist und eher meine Qualitäten als Pflegerin abschätzt.

Für mich ist der Besuch dieses Balls also eine Möglichkeit, einmal im Jahr völlig aufgebrezelt und mit einem Make-up, das bei Tageslicht stark an „Die Nacht der lebenden Zombies" erinnert, jenseits von Pasta/Pizza/Salat mit Hähnchenbrust einmal schön gepflegt essen zu gehen.

Wilder Sex mit einem Unbekannten? Pff, was ist das schon gegen Tuna im Sesammantel mit Glasnudelsalat und Odenwälder Reh mit Waldpilzsalat? Eben.

Wie war es denn nun auf dem Ball?

Ich könnte jetzt von zickigen Moderatorinnen, Buchautoren, die keiner kennt, die dies jedoch durch ein Ego der Superlative wettmachen, („An diesem C-Promi Tisch sitze ich nicht!") Designer-Ehefrauen in einem Kleid das schwer nach Omas explodiertem Sofa aussah, oder Ballfotografen, die zum Erwerb von vier Fotos a 10 € nur zwei Papp-Passepartouts einpacken („Nein, ich kann ihnen nicht 4 geben, sonst reichen die uns nicht."), berichten.

Oder darüber, dass mein Sohn eines der besagten Fotos anschaut und in seiner besten verschwörerischen „Ich weiß du willst mich veräppeln Stimme sagt: „Ja, klar; Mama, und das bist du..." Aber darum geht's ja nicht.

Die Currywurst und die grüne Soße auf der Afterparty waren sensationell.

Bezeichnungen

Durch meinen Beruf habe ich viel mit Engländern und Amerikanern zu tun und 90% meines Joballtags läuft in Englisch. Es gibt trotz aller Gemeinsamkeiten kulturelle Unterschiede, die sich in der Sprache und den Taten zeigen. Generell gibt es in unserem Unternehmen zum Beispiel keine Probleme.

Also, zumindest nicht Probleme, die als „Problem" übersetzt würden. Kommt ein Deutscher in eine Besprechung und sagt: „We have a problem!", zucken alle zusammen und schauen sich an, als hätten sie Zahnschmerzen.

Meine englischen Kollegen würden ein Problem, das einem akut abgetrennten Arm entspricht, als eine „slight issue", also wörtlich „geringfügiges Thema" bezeichnen, auch wenn dadurch zum Beispiel ein millionenschwerer Auftrag auf dem Spiel steht.

Irgendwie wird alles ein bisschen in Watte gepackt, zumindest sprachlich ... das Rollen der Köpfe als Konsequenz für solch eine kleine Unannehmlichkeit findet im englischsprachigen Raum dafür umso schneller statt.

Auch wenn mir der direkte und klare Weg per se eher liegt, habe ich mich zumindest sprachlich angepasst. Es gibt keine Fehler, keine verpassten Deadlines, niemand hat Unrecht, und keiner ist schuld.

Trotzdem sind von einem zum anderen Tag Menschen einfach weg, und alle anderen benehmen sich, als ob sie mit Tigern im Käfig sind. Aber alles ist super.

Beziehungsdynamik

Meine Eltern sind in diesem Jahr 50 Jahre verheiratet. FÜNFZIG Jahre mit derselben Person. Und wahrscheinlich gab es auch hier Höhen und Tiefen, die mir jedoch nie offensichtlich auffielen. Unsere Familie war schon immer meilenweit von dem, was in Reality Shows als „normal" gezeigt wird, weg und wir haben schon immer ein ausgezeichnetes Verhältnis. Brutal ehrlich manchmal- aber immer nach dem Motto „hart, aber herzlich".

Nach 50 Jahren kennt man sich sicherlich in- und auswendig, weiß genau, welche Knöpfe man drücken muss, um den anderen zum Wahnsinn oder zur Weißglut zu bringen.

Mich als im Alltag inzwischen Außenstehender jedenfalls macht die Art und Weise, wie sie manchmal miteinander umgehen, verrückt.

Meine Mutter unterbricht meinen Vater permanent, winkt ab, oder sagt: „Das hast du schon 100-mal erzählt!", wenn er sich an einer Diskussion beteiligt.

Mein Vater wartet umgekehrt auf jeden „Fehler" meiner Mutter, den er korrigieren oder zumindest in epischer Breite ausdiskutieren kann.

Wie zwei Kampfhunde belauern sie sich gegenseitig, um im richtigen Moment dem anderen an die Gurgel zu gehen.

Doch wehe, ich spreche mein Empfinden über diesen nervtötenden Umgang miteinander an. Sofort stehe ich als Gegner diesen zwei Verbündeten gegenüber, die verwundert den Kopf schütteln, über meine Empfindlichkeit. Laut meinen Eltern bin ich völlig im Unrecht, denn sie verstehen sich wunderbar, schätzen sich ungemein und unabhängig voneinander versichern sie mir beide auch, mit einem anderen Partner nie so lange verheiratet geblieben zu sein – „Wenn man sich mal so umschaut".

Und nicht nur das, kaum spreche ich an, dass die beiden doch netter miteinander umgehen sollen, werde ich angefunkelt, ich soll mir erst mal an meine eigene Nase fassen, nicht so oft abfällig „ach" sagen, wenn mein Göttergatte eine Idee hat, oder meine Kinder nicht so anschnauzen.

Man sieht, die Dynamik einer Beziehung kann man nur bedingt verstehen und man sollte sich vor jeglichen Bewertungen zurückhalten.

Cellulitis & Co

Bis zu meinem 35. Lebensjahr wusste ich nicht, was Cellulitis ist. Natürlich hatte ich die Anzeigen für Cremes, oder besondere straffende Beinturnübungen in den einschlägigen Frauenzeitschriften gesehen, aber wie Cellulitis genau aussah oder woher sie kam, wusste ich nicht, denn ich war ja nicht betroffen.

Einen Tag nach meinem 35. Geburtstag wusste ich ganz genau, was es damit auf sich hatte, denn auf meinen Beinen hatte sich quasi über Nacht ein maßstabgetreues Abbild der Schweizer Alpen mit all ihren herrlichen hohen Bergen und tiefen Tälern entwickelt. Ein grandioses Naturschauspiel mitten auf meinem Körper.

Das Tragische daran ist, dass sich die Ausprägung dieses Phänomens entgegengesetzt proportional zu meinem Gewicht verhält. Sprich: nach einem 10-tägigen Österreichurlaub mit Strudel, Kaiserschmarrn und Marillenknödeln wiege ich 5 Kilo mehr, habe aber relativ glatte Oberschenkel, deren Umfang ich unter weiten Hosen verstecken muss. Nehme ich ab, was ja glücklicherweise nicht allzu häufig stattfindet, ist die Cellulite Ausprägung so stark, dass ich – man ahnt es schon – meine Beine unter weiten Hosen verstecke.

Ich habe also die freie Wahl zwischen Pest und Cholera.

Zu den weiteren Alterserscheinungen, die ich entdecke, gehören Haare, die an Stellen sprießen, über die man nicht laut sprechen möchte.

Zur harmloseren Variante gehören die Hexenhaare, derer drei auf der linken Seite meines Kinns sprießen. Jeden Tag sind meine Pinzette und ich vereint im Kampf gegen die schwarzen Biester. Und obwohl ich abends bei starkem Licht vor dem Vergrößerungsspiegel alle Haare erfolgreich ausgezupft habe, sind garantiert am nächsten Morgen die nächsten deutlich zu sehen. Wie machen die das bloß?

Wehe, ich will die Haare auf meinem Kopf wachsen lassen – ein schier unmögliches Unterfangen, denn über eine bestimmte Länge bin ich in meinem ganzen Leben noch nie hinausgekommen. Meine drei Kinnhaare würden innerhalb weniger Monate zum Boden reichen, wenn ich sie nicht konsequent bekämpfe. Verrückt.

Auch die Haut zeigt natürlich starke Verfallserscheinungen. Die Falten will ich jetzt gar nicht im Detail beschreiben, das wäre ein abendfüllendes Thema in sich. Alleine die Lidfalten, die nach einem extrem erholsamen Urlaub mit null Stress bei der Rückkehr meinen damaligen Chef zu dem Kommentar: „Mensch, Sie waren doch im Urlaub, sie sehen ja aus, als würden sie gleich einschlafen!" hinrissen, sind legendär.

Aber auch andere Hautveränderungen führen nicht zu Beifallsstürmen. Ich erinnere mich an einen Sommertag, an dem ich neben meinem Göttergatten im Auto saß. Gedankenverloren betrachtete ich meinen Handrücken und bemerkte einige Schmutzflecken, über die ich mich sehr wunderte. Ich versuchte sie abzuwischen, zuerst mit der Hand, dann mit einem Taschentuch, dann mit Spucke. Zwecklos. Mir dämmerte, dass die kein Schmutz, sondern schnöde Altersflecken waren, wie sie an der Hand jeder 90-jährigen zu bewundern sind.

Gibt es eigentlich die Möglichkeit, sich geistig und emotional weiterzuentwickeln, aber seinen Körper auf dem Originalstand mit 35 zu belassen? Ohne schnibbeln, spritzen, oder sonstige Schrecklichkeiten? Das wäre doch mal eine sinnvolle Entwicklung der Wissenschaft!

Chef de Cuisine

Kürzlich waren wir zum Grillen eingeladen, und ich bot an, eine Nachspeise mitzubringen.

Die Gastgeberin gab mir zwar durch ein Mehrfaches „Das brauchst du doch nicht!" zu verstehen, dass sie mich schon gut genug kannte, um meine Kochkünste einschätzen zu können. Ich flachste ein bisschen herum „Du traust es mir also nicht zu, eine Sahne-Quark-Bisquittorte hinzubekommen, wie? Du wirst schon sehen, wie lecker das ist, mit Nachtisch kenne ich mich ja schließlich aus!"

Mit anderen Worten, sie hätte meinem Angebot nur entkommen können, wenn sie uns wieder ausgeladen hätte.

Am Freitag früh stellte ich also die Sahneschüssel in Gefrierfach und machte mich nach ein paar Stunden daran, die Sahne zu schlagen, und mit Mascarpone zu verrühren, um diese Masse auf einen (fertigen) mit Marmelade bestrichenen Bisquitboden zu streichen, mit frischen Beeren zu belegen, und das Ganze dann für einige Stunden in den Gefrierschrank zu stellen, um es vor dem Verzehr mit Puderzucker zu bestreuen. Kein Hexenwerk also.

Ich fing also an, Sahne zu schlagen. Es passierte – nichts. Die Sahne schwurbelte zwar brav in der Schüssel herum, machte aber keinerlei Anstalten, fest zu werden.

Also 2 Beutel Sahnesteif hinein. In Sekundenbruchteilen war die Hälfte der flüssigen Masse zu einem Butterklumpen mutiert. Die andere Hälfte war eine durchsichtige Pfütze undefinierbarer Flüssigkeit. Darüber hinaus waren die Wand und das Spülbecken mit lustigen weißen Spritzern verziert. Meine Tochter, die mir beim „Backen" hatte helfen wollen, sah mich mitleidig an. Ich konnte durch ihre Kopfhaut das Wort „Loser" in ihrem Gehirn entstehen sehen.

„Das ist kein Problem" murmelte ich tapfer und holte Mascarpone aus dem Kühlschrank. Ich wollte retten, was zu retten war, und mit sorgfältiger „Handschlagung" eine homogene Masse erzeugen. Was mir sicher auch geglückt wäre, wenn mir beim Öffnen der Mascarpone nicht eine olfaktorische Wand von Käsefüßen entgegengeschlagen wäre.

„Nicht verzagen, Muttern fragen" versuchte ich, meinen Optimismus beizubehalten, und griff zum Magerquark. Sowieso hüftschonender als Mascarpone.

Ich rührte also die Massen zusammen, und hatte in der Tat nach einiger Zeit ein cremeartiges Etwas in der Schüssel. Ich leckte also den Löffel ab, und es schmeckte – nach nichts. Also einen Schuss Orangenlikör dazu, abschmecken, mehr Likör, abschmecken, mehr Likör, etc. und nach einer Weile schmeckte es sehr gut. Leider waren wir zu diesem Zeitpunkt wieder bei dem Aggregatzustand „flüssig" angekommen, und bei dem Prädikat „für Kinder unter 16 ungeeignet".

Egal, weiter im Konzept. Mit einem Glas stach ich kleine Kreise aus dem Bisquitboden, was sich als eine etwas fummelige und klebrige Angelegenheit herausstellte, weil ich den Boden ja schon mit Marmelade eingeschmiert hatte. Egal.

Ich füllte Böden, Masse und Beeren schichtartig in kleine Gläschen, und stellte sie in den Kühlschrank.

Kurz vorm Verlassen des Hauses zum Grillen, probierte ich eine Portion. Als kluge Köchin hatte ich natürlich ein paar Gläschen mehr gemacht.

Was soll ich sagen? Wir trafen 30 Minuten später bei unserem Freunden mit mehreren Sorten von Ben & Jerry's Eiscreme ein. Ist einfach erfrischender, so für einen warmen Grillabend.

Das gehört so

Seien wir doch einmal ehrlich.
Der Satz „Das gehört so" ist ein verbales Abwatschen
allererster Sahne. Denn eigentlich will derjenige, der diesen
Satz im Brustton der Überzeugung vorträgt, sagen: „Sie sind zu
bescheuert/naiv/wenig geistig auf der Höhe, um zu bemerken,
dass das unmöglich aussieht/sich anhört/schmeckt.

Wer also schon einmal aus einer Umkleidekabine
gekommen ist, in einem Kleid, das über der Brust kräuselt und
hinten in die Poporitze kriecht, und dann in das strahlende
Gesicht einer Verkäuferin schaut, die jubelt, „Das ist
fantastisch, nein, ehrlich, das gehört so!" weiß, was es heißt,
sich verarscht vorzukommen.

Auch dem Kellner, der angesichts des etwas muffigen Weins
mit hochgezogener Augenbraue näselt: „Der ist eben etwas für
Kenner, der schmeckt so" kann man gerne Unverschämtheit
vorwerfen.

Und eine Wohnung, die so verbaut ist, dass man nirgends
einen Tisch, ein Bett, oder gar einen Schrank sinnvoll stellen
kann, wird nicht besser, wenn man sie unter „Architektenhaus,
das gehört so!" angepriesen bekommt.

Mist ist Mist, das sollte man sagen dürfen, denn das gehört
so.

Das Y-Chromosom

Manchmal kommt es durch. Das schreckliche Monster des Y-Chromosoms, das selbst in einem perfekt erscheinenden Göttergatten wohnt. Man erkennt - selbst er ist am Ende des Tages nur ein Mann.

Ich hatte ein Treffen mit zwei ehemaligen Kollegen ausgemacht. In Frankfurt, auf der Dachterrasse eines schicken Hotels. Nicht, dass das mein Vorschlag gewesen wäre, ich weiß nicht, wann ich das letzte Mal in Frankfurt war. Oder auf der Dachterrasse eines schicken Hotels. Entsprechend nervös rief ich meine Schwester an - was sollte ich denn anziehen? Schick, aber nicht zu schick, denn dadurch würde man mir ansehen, dass ich nicht cool bin. Die Wahl musste fallen zwischen 3/4 Jeans mit Killer Highheels und Tunika oder ein Hängerchen Kleid. Beides würde gehen, versicherte mir meine Schwester.

Dann machte ich den Fehler, meinen Göttergatten in die Entscheidung einzubeziehen. Sein Kommentar: "Brezel dich nicht zu sehr auf, du weißt, das ist ein Hotel, nicht dass die dich für eine Professionelle halten." "Eine professionelle was?" fragte ich, völlig auf dem Schlauch stehend. "Naja, Domina oder so" war seine spontane Antwort.

Wer mich jemals gesehen hat, wird die völlige Absurdität dieses Gedankens nachvollziehen können. NIEMAND, aber auch wirklich niemand würde jemals auf den Gedanken kommen, diese mittelalte, kurzhaarige, brillentragende, leicht biedere Frau auch nur in die Nähe einer "Professionellen" - Domina oder sonst geartet - zu bringen.

So hatte ich bei dem Treffen - gekleidet in Jeans, Tunika, und Killer Highheels immerhin die Lacher auf meiner Seite, denn auch meine ehemaligen Kollegen fanden den Gedanken einfach nur irre.

Ein anderer klassischer Y-Gedanke ist, ein Opfer in die Täterrolle zu versetzen. Glücklicherweise hat sich dies heutzutage immerhin in Bezug auf den vermeintlichen Zusammenhang zwischen Sexualdelikten und kurzen Röcken geändert. In anderen Situationen ist der Gedanke bei Männern noch sehr präsent.

"Du hast dir eine Delle in deine Tür machen lassen, das ist bestimmt auf dem Supermarktparkplatz passiert!" lautet ein - meinem Gehör nach - vorwurfsvoll vorgetragener Satz.

Ja klar.

Ich habe mich auf den Supermarktparkplatz gestellt, und gerufen "Hallo, wer möchte mir eine Delle in meine Autotür hauen?" Und offensichtlich hatte ich Erfolg, jemanden zu finden, der dazu bereit war. Es ist also komplett meine Schuld, dass ein Idiot nicht fähig ist, seine Autotür so zu öffnen und seinen Allerwertesten aus seinem Auto zu schälen, ohne, dass diese Tür in die Seite meines Autos donnert. Ich Dummerchen, ich.

Ähnliches widerfuhr meiner Freundin, die sich aus einer über der Schulter getragenen, mit einem Reißverschluss verschlossenen Handtasche ihren Geldbeutel "klauen ließ". Auch sie hatte sicherlich an irgendeiner finsteren Straßenecke gestanden und gerufen: "Wer will noch mal, wer hat noch nicht!?"

Interessanterweise gelten diese Tätergesetze nur für Frauen. "Die Schweine haben Patrick den Computer geknackt!" hörte ich von einem Kollegen. Komisch, warum hat Patrick sich nur den Computer knacken lassen?

Dativ, Dialekt & Co

Ich bin nun mal kein Sprachwissenschaftler, habe nicht Germanistik studiert, oder bin Literat.

Meine kurpfälzer Herkunft lässt sich spätestens nach dem 2. Satz nicht mehr verleugnen, obwohl ich mich bemühe, mit dem Hochdeutsch meines aus Hannover stammenden Göttergatten Schritt zu halten.

Dennoch finde ich Sprache so interessant, unterhaltsam und spannend, dass ich mich einerseits über die grammatikalischen Ausfällte, die ein Bastian Sick publiziert, amüsiere, wie ich mich über deren Vorkommen im täglichen Leben aufregen kann.

Mein Lieblingssatz, seit ich nach Hessen gezogen bin, ist „Das ist dem Lukas." Der besitzanzeigende Dativ wird beharrlich von Kindern und Erwachsenen jeder Alterskategorie angewandt. Das fing bei der Erzieherin im Kindergarten meines Sohnes an und hört bei der Bewohnerin des Altersheims um die Ecke a la „Der Einkaufswagen ist mir." auf. Ich habe überhaupt nichts gegen Dialekt. Schließlich komme ich aus einer Gegend, in dem der Dativ noch viel ausgeprägter genutzt wird als in Hessen. Dort spricht man zum Beispiel „von dem Jochen seinem Bruder" und keiner schaut komisch. Meine Kinder wissen auch sofort, wenn ich mit meiner Mutter oder meiner Schwester telefoniere – die dialektischen Ausdrücke haben bei meiner Tochter schon mehrfach für Heiterkeit gesorgt, wie z.B. der freizügige Gebrauch von „heijo", „gell", oder „alla dann".

Ganz schwierig wird es, wenn ich den falschen Gebrauch von Wörtern meinen Kindern zwar erkenne, aber nicht erklären kann und auf die Frage „aber warum ist das so" keine Antwort weiß. Mein Sohn benutzt beharrlich das Wort „übergestern", wenn er von vorgestern berichtet. Er ist also clever genug, den zeitlichen Ablauf einzuordnen, kann oder will sich aber partout nicht mit dem richtigen Wort anfreunden, denn seine Kreation harmoniert ja hervorragend und völlig logisch mit „übermorgen".

Auch Redewendungen interpretiert er freizügig, beziehungsweise deutet sie völlig um. „Schäl doch keine Möhrchen" schnauzte er seine Schwester an, wenn die ihm angebliche „Märchen erzählt" oder er guckt gleich blöd aus der Waschmaschine statt aus der Wäsche. Und seit er in der Schule ist, tendiert er dazu, an jeden Satz „Junge!" anzuhängen, auch wenn er mit mir spricht, wie in „Meine Hausaufgaben habe ich doch gemacht, Junge!"

Solch offenkundigen Schwachsinn verbessere ich natürlich gebetsmühlenartig, aber eigentlich finde ich generell Besonderheiten und Unterschiede in der Sprache ganz amüsant und spannend.
Solange mir keiner erzählt, was „ihm ist".

Mein Sohn hat schon früh wunderbare sprachliche Knaller geliefert.

Eines Tages kam er aus dem Kindergarten und verkündete stolz, er habe heute an die Wand geschissen.

In Zeitlupe hebe ich meinen Kopf und frage bemüht neutral: „Äh, was hast du?". „Ja, Marcel und ich haben ganz oft an die Wand geschissen." Das machte mich stutzig. „Wie, an die Wand geschissen, oft... mit Marcel?" „Ja, mit dem Lederball" antwortetet er gelassen, da er es völlig logisch fand, dass die Vergangenheitsform von schießen eben geschissen heißt.

Oder von finden - gefinden. Warum er aber davon sprach, etwas hingehongen zu haben, statt konsequent dann hingehängten zu sagen, blieb sein Geheimnis.

Meine Tochter steht konsequent mit Bezeichnungen geographischer Herkunft auf dem Kriegsfuß. Bei uns zu Hause spricht man gerne von „Malaysianern" oder „Portugallen", und die olympische Berichterstattung über Kanuten führte zu der Frage, ob das wirklich das richtige Wort für die Einwohner Kanadas sei.

So sprechen mein Göttergatte und ich von uns selbst nur als „Deutschländer", was in Anbetracht der Tatsache, dass wir uns manchmal wie arme Würstchen vorkommen, so abwegig nicht ist.

Auch Eigenkreationen wie „hundert dumm" für extrem bescheuerte Mitmenschen sind ein fester Bestandteil unserer Familiensprache. Kreiert wurde der treffende Ausdruck von meinem Sohn als Antwort auf mein beim Autofahren hinter einem extrem langsamen Fahrer gestöhntes „Gott, ist der 100?" „Nein, bestimmt aber hundert dumm!"

Die Balance zwischen korrektem Sprechen und ein bisschen Spaß mit der Sprache ist schwierig und völlig automatisch verbessere ich falsche Ausdrücke, verquere Grammatik, und blanken Unsinn. Da kann einem schon mal in einem Meeting auf ein „Das präsentiert der" die Rüge „Wer der, der Bär?" herausrutschen, worauf man von kinderlosen Kollegen völlig verständnislos, und von denen mit Kindern breit grinsend angeschaut wird.

Datenfetisch

Im Prinzip ist es richtig, wenn man sich im Geschäftsleben auf Daten verlässt. Absatzmärkte und deren Potential kalkulieren, Preise vergleichen und bestimmen, Auswirkungen von Margen Änderungen auf die Stückzahl kalkulieren, alles gut und richtig.

Mehr und mehr stelle ich aber den Hang zur Ausschaltung des gesunden Menschenverstands zu Gunsten der gemeinen Kalkulation fest.

Wir fahren Regressionsanalysen zu der Frage, ob es sinnvoll ist, einem Kunden schneller zu helfen – wobei ich mit „wir" meinen Freund den Datencruncher meine, der alle meine unbedarften Fragen in zu analysierende Hypothesen verwandelt.

Wir veranstalten ein Projekt darüber, ob es sinnvoll ist, Informationen intern weiterzugeben, wenn wir ein Problem von einem an den anderen Spezialisten weitergeben müssen, und beschäftigen eine Abteilung und ein externes Unternehmen, das unsere Kunden im Detail darüber befragt, ob sie denn mit unserer Dienstleistung zufrieden sind, bei uns weiter Kunde bleiben, und uns gegebenenfalls weiterempfehlen würde.

Was alles gut und schön wäre, wenn dann am Ende jemand Zeit hätte, mit den Erkenntnissen eine Verbesserung zu erwirken.

Das ist dann allerdings der Knackpunkt.

In einer größeren internationalen Telefonkonferenz mit hochintelligenten Spezialisten stellte ich kürzlich eine „best practice" aus Europa vor. Wir hatten Kunden gefragt, wann und wie sie über den Fortgang ihrer Problemlösung informiert werden wollte, anstatt ihnen zu sagen, dass wir ihnen in 3 Tagen eine Information zukommen lassen würden. Oh Wunder, die Kundenzufriedenheit in unserer Umfrage war daraufhin gestiegen. Meinen amerikanischen Kollegen war das nicht gut genug. Welche Daten ich denn hätte, um den kausalen Zusammenhang zwischen den beiden Tatsachen ziehen zu können? Hätten wir unsere Kunden explizit befragt, ob sie es besser fänden, uns zu sagen, wann und wie sie erreicht werden wollten, als es von uns vorgeschrieben zu bekommen? Hätte die Verbesserung in den Bewertungen nicht auch vom Stand des Mondes in Verbindung mit der Außentemperatur zusammenhängen könne?

Mir platzte der Kragen. Nein, ich hatte keine spezifischen Daten zum Zusammenhang. Ich wurde zur Komplettzicke und fuhr die Fragesteller an: „Ich habe auch gerade keine Daten vorliegen, die mir beweisen, dass Ein- und Ausatmen förderlich für meine Gesundheit sind – aber ob ihr es glaubt oder nicht, ich tue es trotzdem!"

Grabesstille. Peinliche, lange Grabesstille. Hochintelligente Spezialisten können nicht mit einem emotionalen Wutausbruch umgehen. Dafür gibt es nämlich keine Daten. Mein Vorschlag wird jetzt als Pilotprojekt in manchen Teams eingeführt, in anderen nicht. Am Ende werden wir die Daten vergleichen, und schauen, ob Kunden mit dem neuen Vorgehen zufriedener sind und bessere Bewertungen abgeben. Ich bin ja sooo gespannt.

Des Menschen Wille...

...ist sein Himmelreich. An guten Tagen versuche ich, diesen
Spruch wie ein Mantra vor mir herzutragen.
An schlechten Tagen rege ich mich fürchterlich über diesen
Menschen Willen auf.

Zum Glück falle ich seit ein paar Jahren fast nahtlos aus dem
Winterschlaf in die Frühjahrsmüdigkeit und von dort direkt in
ein Sommerloch, was in ersten Herbstdepressionen endet. Ein
ewiger Kreislauf bleierner Müdigkeit, egal, wie viel oder wie
wenig ich schlafe, mich bewege, oder esse und trinke.

Es hat aber eben auch diesen schönen, Wattebausch-
ähnlichen Effekt auf mein Gehirn. Wehr- und aufregungslos
ertrage ich die Auswüchse des menschlichen Willens in meiner
Umgebung.
Meine fast 80-jährigen Eltern planen eine wochenlange
Rundreise in die Outbacks der ehemaligen Sowjetischen
Länder? Ich schnappe Luft, um sie anzuschreien, ob sie noch
ganz normal im Kopf sind. Die Müdigkeit übermannt mich und
ich höre mich murmeln: „Des Menschen Wille ist sein
Himmelreich."

Meine Freundin, die ihr weniges, hartverdientes Geld in die
Aufzucht diverser spanischer Straßenhunde, deutscher
Streunerkatzen, und zwei polnischer Schlachtpferde steckt,
kaum etwas anderes isst als Nudeln mit Tomatensoße und nie

mehr als drei Stunden am Stück schläft, weil immer ein Eichhörnchen/Igel oder sonstiges Baby mit der Flasche aufzuziehen ist, teilte mir ihren Entschluss mit, noch zwei Lamas aufzunehmen. Ich will ihr gerade gehörig den Kopf waschen, als der dicke Mantel der Müdigkeit mich bedeckt und ich sage nur: „Des Menschen Wille ist sein Himmelreich."

Ich bin eigentlich fest davon überzeugt, zu allem und jedem die einzig richtige Meinung zu haben, und alle anderen davon überzeugen zu müssen, um sie zu ihrem Glück zu zwingen.

Seit ich jedoch mein Mantra ständig wiederhole, bin ich ein so friedfertiger und anscheinend toleranter Mensch geworden, denn ich bestärke alle nur noch darin, den Unsinn, den sie sich aussuchen, auch tatsächlich zu verzapfen.

Mal schauen, wie lange das noch hält. Wehe ich wache mal wieder ein paar Tage am Stück auf, da können sich alle ihr Himmelreich sonst wohin stecken!

Einkaufsberatung

Meine Tochter brauchte ein Kleid für den Abschlussball
ihrer Tanzschule. Seit Beginn des Tanzunterrichts nutzten wir
also jede Gelegenheit, – derer wir ja nun nicht allzu viele haben-
latent nach einem Kleid zu schauen. Mit anderen Worten, egal,
wo wir waren, zog ich Kleider aus Ständern, sagte „Wie wäre das
denn?" und meine Tochter sagte: „Nö."

Also kam es wie es kommen musste, wir mussten an einem
Wochenende vor dem Abschlussball ein Kleid finden. Wir
zogen in ein großes Geschäft mit riesiger Auswahl und fuhren
mit unserem bewährten System fort. Muttern holt ein Kleid
raus, Tochter sagt „Nö." Nach 20 Minuten setzte ich mich vor
die Umkleiden, sagte meiner Tochter sie solle etwas finden und
es dann anprobieren. Sie kam relativ schnell mit 3 in meinen
Augen fast gleichen, schlichten schwarzen Kleidern und sagte:
„Die sind gut."

Als sie in die Umkleide ging, fiel mein Blick auf einen Mann
neben mir. Grau und in sich zusammengesunken saß er da wie
ein Häuflein Elend. In kurzen Abständen traten seine Frau und
Tochter aus der Kabine neben meiner Tochter und er sagte
immer „Das ist doch schön!" worauf seine Tochter verzweifelt
den Kopf schüttelte und mit ihrer Mutter wieder in der Kabine
verschwand. Ich wandte mich lächelnd zu ihm und sagte „Oh,
ist es ein bisschen schwierig?" „Sie haben keine Ahnung"
presste er mit letzter Kraft zwischen seinen Zähnen hervor,

„Wir sind schon seit drei Stunden hier!" Seine Frau setzte sich neben uns und flüsterte „Ich kann nicht mehr! Ich habe Hunger und Durst und kann –nicht-mehr. "

Die Tochter kam mit einem weiteren Kleid aus der Kabine. „Ich kann mich nicht entscheiden..." Der Vater stöhnte „Das ist toll! Nimm es!" – was er auch gesagt hätte, wäre das Mädchen im Kartoffelsack aufgetaucht. In der Zwischenzeit hatte meine Tochter alle drei Kleider anprobiert und sich für eines entschieden. Mein Nachbar schaute mich mit Tränen in den Augen an: „Das ging ja so schnell!!!" Seine Verzweiflung war körperlich zu spüren. Die Eltern hatten ihre Tochter durch ihr Flehen fast so weit, dass sie einer Pause zustimmte, um gemeinsam alles noch einmal zu überdenken und Kraft für weitere Anproben zu tanken. Die Tochter hatte mitbekommen, dass ich mich mit ihren Eltern unterhalten hatte, und hatte mein offensichtliches Nasenrümpfen bei ihrem letzten Auftritt gesehen. Sie startete ein letztes Aufbäumen. „Was denken sie denn, welches Kleid ich nehmen soll?" fragte sie mich. Die Eltern waren gerade dabei gewesen, aufzustehen, jetzt englitten ihnen die Gesichtszüge, weil sie mit weiteren Verzögerungen rechnen mussten.

„Keine Angst" flüsterte ich dem wieder zusammengesunkenen Etwas neben mir zu.
„Also, das letzte war nicht sehr schmeichelnd" formulierte ich vorsichtig meine Abneigung über ein rüschiges rotes Knallbonbonkleid, welches das Hinterteil dieses armen

Mädchens aussehen ließ, als versteckte sich ihr kleiner Bruder noch mit darunter.

Ich schaute in die Kabine. „Da sind doch zwei suuuper Kleider in diesem Petrolton. Das passt ja unglaublich gut zu deinen Haaren und deinen schönen Augen", sagte ich.

„Ja, die finde ich auch am schönsten" sagte das Mädchen. „Dann zieh doch einfach diese beiden noch mal an, und wir entscheiden uns dann, welches am schönsten ist" sagte ich.

Nach fünf Minuten kam das Kind in ihrer Alltagskleidung aus der Kabine, das schönere der beiden Kleider unter dem Arm, und verkündete: „Das ist toll! Soll ich das nehmen?" Ich nickte verzückt und sagte: „Unbedingt – es ist perfekt!"

Der fast gebrochene Mann hob sein Gesicht und schaute mich an. Sein Blick drückte eine tiefe Dankbarkeit aus, wie sie sicherlich sonst von Lebensrettern nach einer Feuersbrunst geerntet werden. Hätte ich darum gebeten, er hätte mich als Alleinerbe seines Vermögens eingesetzt. Seine Frau ergriff meine Hände und stammelte „Danke, danke, vielen Dank!" und schwankte mit dem Rest der Familie in Richtung Kasse.

Meine Tochter schaute mich nur an und sagte „Bist du nicht froh, MICH als Tochter zu haben?"

Ich liebe shoppen.

Elternabend

Vor jedem Elternabend geht es in unserem Haus zu wie auf einem arabischen Basar. Wenn Du gehst ...mache ich dafür ... aber ich habe doch ... dafür war ich schon 3x....

Am Ende gewinne meistens ich.

Nämlich die Teilnahme am Elternabend. Naja, wenn man seine komplette Arbeitszeit zu Hause vor einem Computer und einem Telefon verbringt – was übrigens gerne zu überraschten „Wie – sie macht Telefonsex, das hätte ich der biederen Frau ja gar nicht zugetraut!" Blicken führt, ist man dann froh, sich ordentlich kleiden zu müssen und unter echte Menschen gehen zu dürfen. Und wenn es nur zu einem Elternabend ist. Und außerdem hat man ja 2x nicht morgens fahren für die Mühe eingetauscht.

In der Schule angekommen ist man auch automatisch wieder 30 Jahre jünger. Die coolen Eltern sitzen zusammen und lachen, die Strebereltern (man kann direkt von den Erzählungen über deren Kinder erkennen, wer das ist) sitzen in der ersten Reihe und reden auf den Lehrer ein und man selbst sitzt in der Mitte außen, ein strategisch äußerst cleverer Platz.

Nach den üblichen Themen wie Mitarbeit, Hausaufgabensituation, Beschwerden über die Englischlehrerin, die es schafft, in jedem Halbjahr mindestens 4-7 Wochen krank zu sein, da sie z.b. auch geplante kleinere chirurgische Eingriffe natürlich nicht etwa direkt vor der Ferien durchführen lässt, sondern mitten im Schuljahr, der Diskussion über wer darf was mit auf Klassenfahrt nehmen („Mein Sohn BRAUCHT sein iPhone" sagt der Vater, kurz von seinem iPad aufblickend) und der Behandlung von Einzelschicksalen („Meine Tochter durfte im Biounterricht nicht zur Toilette gehen") ist es soweit.

Es wird ernst.

Mein Adrenalinspiegel steigt, meine Beine zucken und ich schaue verstohlen in die Runde. Kaum hat der Klassenlehrer das Wort „Elternbeirat" beendet, springe ich auf. Meine Sitznachbarin versucht, sich an mir vorbeizudrängen, aber geschickt schiebe ich beim Aufstehen meinen Stuhl nach hinten. Bodychecking für Fortgeschrittene! Ich falle fast über meine Beine, aber ich bin zuerst am Lehrertisch und stoße „Schriftführer" hervor.

Geschafft! Triumphierend schaue ich meine Nachbarin an, die es nach einem kurzen Kampf mit ihrem Nachbarn mit verschwitzen Haaren und roten Bäckchen immerhin noch zum Wahlvorstand schafft.

„So", sagt sie an die Eltern gewandt, „Wer möchte denn nun als Elternbeirat kandidieren? Wir im Wahlausschuss sind leider von der Kandidatur ausgeschlossen."

Gewonnen! Einsatz und Mannschaftsgeist gezeigt und trotzdem um den Job des Elternvertreters gekommen – ich bin doch ein cleverer Hund.

Evolution

Meine Tochter hat früh ein tragisches Schicksal ereilt. Sie wurde direkt nach Weihnachten quasi über Nacht zum einarmigen Banditen. Das Christkind hatte ihr das abgelegte iPhone eines Kollegen meines Göttergatten gebracht. Keine Ahnung, wie das geht, Kinder, es war Magie. Denn in unserer Familie war damals keiner da, um ihr den Umgang oder die Funktionen zu erklären, aber das scheint ab einer gewissen Generation tatsächlich nicht nötig zu sein. Sie schnappte sich das Ding und ist seither nicht wieder von den Folgegeräten getrennt gewesen. Permanent in der rechten Hand, die nur zum Halten und Daumenbewegung benutzt wird.

Seither entwickeln wir uns quasi rückwärts weiter. In der Evolution werden nicht nur in der rechten Hand die vier Haltefinger gekrümmt zusammenwachsen, unsere Ohren werden nur noch als in-ear Kopfhörerhalter dienen, was eine ganze Ohrmuschel obsolet macht. Alle werden kurzsichtig sein und völlig neue Brillendesigns benötigen, da ja die Ohrmuschel als Halter für die Bügel verschwindet.

Zum Glück wird die künstliche Intelligenz auch diese Hürde für uns nehmen, denn die Gehirne werden auf Erbsengröße schrumpfen und Menschen werden wieder mit Neandertalern kompatibel.

Ich beneide die nächsten Generationen nicht.

Einzelkind

Wer jemals behauptet, es ist egal, ob man ein Kind hat oder zwei, dass die Arbeit fast die gleiche sei, und das zweite Kind einfach mitläuft hat keine Ahnung.

Diese glorreiche Erkenntnis habe ich während der einwöchigen Klassenfahrt meiner Tochter errungen.

Damit ich nicht falsche verstanden werde – ich liebe meine Kinder, BEIDE, und würde niemals wünschen, nur eines davon zu haben. Jetzt kommt das aber: aber es ist deutlich ruhiger und angenehmer, wenn nur ein Kind zu Hause ist. Ja, auch das eine Kind muss essen, duschen, will erzählen, kuscheln, zum Sport gebracht werden.

Aber ein entscheidender Faktor fehlt: der Geschwisterstreitfaktor. Wie schon meine Schwester und ich, verstehen sich meine Kinder eigentlich gut und können trotz des großen Altersunterschieds von über 5 Jahren teilweise sehr nett miteinander spielen, oder sich die Zeit vertreiben. Aber – wieder wie bei meiner Schwester und mir- manchmal kippt die Stimmung von einer Sekunde zur nächsten und man hört nur noch „Mama, der kleine Depp hat …", und gleichzeitig „Mama, die doofe Kuh hat …", gepaart mit „Hab ich nicht", „Hast du wohl" und allgemeinem Gezeter, das man nur so lange ignorieren kann, bis man aus seinem Arbeitszimmer stürmen muss und – um überhaupt gehört zu werden- schreit „Seid ihr WAHNSINNIG??!! ICH ARBEITE!!". Das Ende vom Lied ist, dass jeder der beiden laut schimpfend kurzfristig in seinem Zimmer verschwindet, um innerhalb der nächsten 15 Minuten im 3-

minütigen Abstand mir seine Version der Meinungsverschiedenheit darzulegen. Auch mein „Ich will es nicht wissen, hört einfach auf! Ich kann es im Nachhinein eh nicht beurteilen, wer schuld ist, warum, und überhaupt habe ich meine Richterrobe gerade in der Reinigung!" interessiert keinen.

Keines meiner Kinder hört mir zu, was meiner allgemeinen Laune nicht zuträglich ist. Das kann einem mit einem Einzelkind nicht passieren, wodurch eine Menge Konfliktpotential, Nervensterben und Stress eliminiert wird.

Das alles erinnert mich an den Alltag mit meiner Schwester, wenn auch meine Mutter vor sich hin schimpfte und „Ich könnte euch an die Wand klatschen!" ausstieß. Heute amüsiert sie sich köstlich, wenn ich ihr über meine Gören mein Leid klage.

Was also tun?

Nach reiflicher Überlegung haben wir uns entschieden, doch nicht eines unserer Kinder zum Verkauf anzubieten, oder sie abwechselnd in den Keller zu verbannen.

Wir werden uns in den nervenden Situationen „om-technisch" in uns zurückziehen, an die Situationen denken, wenn meine Tochter ihrem Bruder übers Haar streicht und sagt „Komm, Kleiner, wir machen was zusammen" sagt, und er sich an seine große Schwester schmiegt, und daran denken, wie ruhig und langweilig es ohne die beiden wäre.

Erreichbarkeit

Man ist ja immer und überall erreichbar. Ganz extrem sind meine amerikanischen Kollegen, die während ihres Urlaubs ihre Mails etwa eine Stunde später als normalerweise beantworten, und meine indischen Kollegen, die Telefonkonferenzen um 3 Uhr morgens ihrer Zeit völlig normal finden.

Es ist schwer, nicht in diesen Sog zu geraten, da man sich als kompletter Faulpelz fühlt, wenn man 10 Tage am Stück im Urlaub ist und es als störend empfindet, wenn jemand anruft, während man in der Unterhose aus dem Hotelfenster einen Platz in Lissabon betrachtet.

Am schlimmsten sind jedoch Amateure, die fünf Mal versuchen, mich abends telefonisch zu erreichen, dann keine Nachricht hinterlassen oder eine Mail schreiben, die ich auf meinem Telefon lesen könnte. Ich bin also panisch, denke, die Welt gerät aus den Fugen, wenn ich diesen Menschen jetzt nicht zurückrufe, tue dies dann auch um 22.30h, nur um eine Ansage zu bekommen, dass der Teilnehmer nicht erreichbar ist. Ich hinterlasse eine Nachricht, schreibe eine SMS und eine E-Mail und sage, dass ich noch eine Stunde auf den Rückruf warten werde, bevor ich schlafen gehe. Nichts passiert. Nach einer unruhigen Nacht checke ich morgens wieder alle Kommunikationseingänge, die allerdings keine Informationen von meinem Kollegen enthalten. Am nächsten Nachmittag ruft er mich dann zurück, er hätte eine Frage gehabt, die er sich aber nach Durchsicht meiner E-Mail von vor 3 Tagen selbst beantwortet hätte. Kann man das dann einfach ganz kurz sagen? Einfach, damit der andere weiß, dass alles gut ist?

Oder meine Eltern, die Handy-Anti-Nutzer. Beide haben ein Handy, um im Falle eines Falles telefonieren zu können. Da sie das Handy in der Regel NIE benutzen, weiß man, dass ein Anruf von dort „der Falle eines Falles" sein muss, und sie verletzt, verirrt, oder zumindest in einen Unfall verwickelt sein müssen. Schön ist, wenn man einen Anruf von besagtem Handy verpasst, weil man seines nicht schnell genug aus der Handtasche ziehen kann. Man ruft also innerhalb von 30 Sekunden zurück, um zu hören „Der Teilnehmer ist leider nicht erreichbar." Ich glaube, meine Eltern brechen alle Rekorde im Handy ausschalten, als ob es sich selbst zerstören würde, wenn man es länger als 10 Minuten anlässt. Also nach einem verpassten Anruf bei ihnen zu Hause anrufen, ob vielleicht einer der beiden dort ist und weiß, was der mit dem Handy gerade tut. Niemand da und natürlich kein Anrufbeantworter. Noch einmal das Handy probiert – „Der Teilnehmer …".

Meine Schwester anrufen, um zu fragen, ob sie weiß, wo sich unsere Eltern befinden. Nein, weiß sie nicht.

Im 10 Sekunden Takt versucht man dann, seine Eltern irgendwo zu erreichen, bis mein Vater schließlich zu Hause ans Telefon geht. „Was ist denn passiert," brülle ich ins Telefon, „ich mache mir Sorgen!!" „Nichts, wieso? Und was schreist du so?" ist die ruhige Antwort.

Ich könnte platzen. Ich habe mir wirklich Sorgen gemacht! Es stellt sich heraus, dass er aus Versehen meine Handynummer gewählt hatte, mich aber nicht mit einer Nachricht belästigen wollte. Also noch mal für alle zum Mitschreiben: Nachrichten sind gut. Ich werde ab jetzt immer Nachrichten hinterlassen. Danke.

Feste

Ich freue mich immer, wenn ich irgendwo eingeladen bin. Grundsätzlich ist dies in der Regel mit dem Verlassen des Hauses und dem Anziehen von anlassgemäßer Kleidung verbunden, was für einen Menschen, der von zu Hause arbeitet, per se eine große Veränderung darstellt.

Mit Vorfreude stelle ich mich dann also Wochen vor der Feier gedanklich auf diese ein. Und trotz konkreter Einladungen mit Veranstaltungsart, Motto, oder Dresscode kann man so manche Überraschung erleben.

So waren wir letzten Sommer zu einem „kleinen Nachbarschaftsgrillen" eingeladen.

Worüber ich mich freute, und Würstchen und Kartoffelsalat erwartete.

Ich kann nur sagen, das war eine der perfektesten Veranstaltungen, die ich jemals besucht habe. Angefangen von der Dekoration, die sich wie ein roter Faden farblich durch das ganze Haus, einschließlich Tischläufer, Gästehandtücher und Einstecktuch des Hausherrn durchzog, über die auf kleinen Porzellanlöffeln gereichten Vorspeisehäppchen, zu dem Profigrill, auf dem alle erdenklichen Fleisch- und Gemüsesorten brutzelten. Natürlich war auch der Getränkeservice des Sohnes der Gastgeber perfekt. Diese selbst waren gut gelaunt, aufmerksam, und hatten ihre Gäste so ausgesucht, dass nicht eine Minute Langeweile oder Gesprächsstocken aufkamen. Genial.

Dann wiederum waren wir zu einer Silberhochzeit von Bekannten eingeladen. Silberhochzeit klingt ja fürchterlich nach Altersheim, kann einen aber, je nach Eheschließungsalter, schon in relativ jungen Jahren ereilen. So auch in diesem Fall. Die Feiernden waren ein ganz süßes Paar, lustig, immer gut drauf. Sie – Suse – bewundere ich insgeheim immer für ihren Stil. Sie trug beige/grauen Nagellack zwei Wochen bevor er in der amerikanischen Vogue als „kommender Trend" ausgewiesen war, sie trägt eine immer wieder neu aussehende Kurzhaarfrisur, die sie 10 Jahre jünger aussehen lässt, als sie ist, und sieht durch perfekte Accessoires in Jeans und T-Shirt aus, als wäre sie Star ihres eigenen Fashionblogs. Die Feier fand in einem Gemeindezentrum statt, was sich für dieses Paar schon ungewöhnlich anhörte.

Als wir dort ankamen, standen wir in einem Saal, der stark an den Speisesaal eines Altersheims erinnerte. Nackte, rautenförmige Holztische waren zu Gruppen zusammengeschoben, die Neonbeleuchtung brannte auf uns herab, und kein Stück Deko oder Stoff lenkte das Auge, kein Ton Musik das Ohr unnötig ab.

Das Büffet war gut, die Menschen nett, aber Stimmung, Feierlaune, oder Wärme waren leider Fehlanzeige.

So freue ich mich weiter über die nächsten Einladungen, und versuche, bei meinen eigenen das Beste zu geben, indem ich zumindest künstlerisch minderwertvolle Auftritte jeglicher Comedians/Jongleure/Entertainer unterbinde und Onkel Fritz von Anfang an so viel Wein nachschenke, dass er gar nicht mehr in der Lage ist, peinliche Anekdoten aus meiner Jugend zum Besten zu geben.

Fußbekleidung

Ja, ich bediene das Klischee der Frau mit Schuhtick. Nicht, dass man das auf den ersten Blick erkennen würde. Da ich zu Hause arbeite und meine Kleiderordnung in der Regel Jeans, T-Shirt und Pulli beinhaltet, trage ich auch meistens keine Schuhe, oder, zur Ausübung meiner Chauffeurs-, Putzfrauen- oder Einkaufstätigkeit, meistens Turnschuhe oder Flip-Flops. Mit anderen Worten, keiner würde die Schätze in meinem Schuhschrank (okay, in meinen Schuhschränken) erahnen.

Nicht, dass ich wie Carrie Bradshaw Manolo Blahniks horten würde. Aber ich habe doch weit über 150 Paar Schuhe, mit wunderbaren Preziosen darunter. Highheels mit animal print ab 10 cm Höhe, oder Gucci Schlangenlederschuhe, die zum ausschließlichen Zweck des „auf-einem- Barhocker-sitzens" dienen könnten, wenn ich denn a.) wüsste, wie ich auf diesen Schuhen jemals zu einem Barhocker kommen sollte oder b.) jemals überhaupt in die Verlegenheit käme, eine Bar aufzusuchen. Aber was soll ich sagen, sie sind wunderschön und waren im Outlet ein wahres Schnäppchen.

Zum Geburtstag vor einigen Jahren schenkte mir mein Mann wunderschöne Schlangenlederschuhe (ich habe gar nichts gegen Schlangen!) von Tod's. Passen wie angegossen, sind, da flach, unglaublich bequem und haben es noch nicht 1x aus dem Haus geschafft, weil sie einfach viel zu schön und empfindlich für diese böse Welt da draußen sind. Vor einiger Zeit musste ich mal wieder ins Büro und wollte die Gelegenheit nutzen, mich richtig schön anzuziehen. Mit Highheels. Ich suchte also ein Paar Stuart Weitzman (günstig in Amerika gekauft) Sandaletten zu meinem schlichten Hosenanzug aus. Mein Mann, der durchaus auch schöne Schuhe schätzen kann, schaute mich an und er, der normalerweise meine Kleidung in keiner Weise kommentiert sagte: „Das ist nicht dein Ernst." „Hä? Wieso, die sind doch schön!" „Ja, schön, wenn man tanzen geht, aber nicht, um sich mit seinem neuen englischen Boss in der Firma zu treffen, und dabei einen möglichst seriösen Eindruck machen will!" Ich zog also langweilige schwarze Pumps an, die ich schon seit gefühlten 100 Jahren trage.

So gesehen ist die Auswahl, die mir meine Vielzahl von Schuhen bietet, doch arg eingeschränkt und ich bin ständig auf der Suche nach neuen Schuhen. Dummerweise fühle ich mich immer von der gleichen Sorte (hoch, spitz, untragbar) angezogen, sodass ich am Ende des Tages immer die gleichen Schuhe anhabe: Turnschuhe oder Flip-Flops.

Wer mich das nächste Mal sieht, sollte sich einfach vorstellen, ich hätte wunderschöne, hohe, sexy Schuhe an. Ich habe bestimmt ein Paar, das genau zu meinem Outfit passen würde. Ehrlich!

Fremdschämen

Ich gebe es zu, ich bin Extrem-Fremdschämer. Es bereitet mir körperliches Unwohlsein, Zeuge von Dummheit, Blamage, oder Fettnäpfchentreten zu werden, was sich in schwitzigen Händen, Herzklopfen, und einer vermehrten Ausschüttung von Adrenalin bis hin zur Auslösung des Fluchtreflexes äußert. Ich habe keine Ahnung, warum das so ist, weder kann ich traumatische Kindheitserfahrungen noch soziale Umstände für eine Erklärung bemühen.

Wahrscheinlich liegt es schlicht und ergreifend daran, dass ich ein so sensibler, harmoniesüchtiger, ausgleichender Mensch bin.

Diese Form der Verklemmtheit behindert natürlich meinen Alltag.

Zunächst einmal schränkt es meinen Fernsehkonsum massiv ein – nun gut, das ist ja per se nichts Schlechtes. Für mich fallen jedenfalls die meisten Sendungen direkt aus dem Raster. Angefangen von Trash-TV, der sich in der Begleitung wahlweise Reicher, C-Promis, oder Unterschichtenangehöriger auszeichnet, über Reportagen, in denen „der Mann von der Straße" befragt wird (und Entschuldigung, welcher berufstätige Mann ist denn in der Regel um 10 Uhr morgens in einer Fußgängerzone unterwegs?), oder – am allerschlimmsten: Politiksendungen.

Das Zuschauen, wenn ein Politiker den Mund öffnet, führt bei mir reflexartig zu einer Krümmung des Daumens, was im direkten Umschalten des Fernsehkanals resultiert. Die Gestik des erhobenen Zeigefingers, gepaart mit einer gespielten Kämpfermimik, löst fast einen Brechreiz aus, und die Worte „Aber wir fordern…" führen zu einem solch nervösen Sofarutschen, dass ich nur noch auf einer Decke auf dem Sofa sitzen darf, um Scheuerstellen zu vermeiden. Wie gesagt, es beschränkt meinen Fernsehkonsum insoweit, dass ich fast nur noch amerikanischen Kriminallabormitarbeitern, die einen dunklen Raum betreten, und statt den Lichtschalter zu betätigen, die Taschenlampe benutzen, bei ihrer Arbeit zuschaue, oder irgendwelchen wilden Tieren bei der Jagd, dem Giftversprühen, oder der Familienaufzucht.

Aber auch Telefonkonferenzen, in denen sich ein Teilnehmer mit immer weiteren Ausführungen immer tiefer in den „Wie will er jemals wieder da herauskommen" verbalen Dummsumpf begibt, sind ein Platz, wo ich mich als Fremdschämer immer wieder gerne unwohl fühlen darf.

Tennisplätze, wo Eltern ihre Schützlinge offen und für alle hörbar mit verbalen Spitzen über den Gegner anzufeuern versuchen, Supermarktkassen, wo Menschen in gefühlten 20 Handtaschenfächern, Mantel- Jacken,- Hosentaschen oder im Brustbeutel nach ihrem Geld suchen, um dann hochroten Kopfes zugeben zu müssen, keines dabei zu haben, oder Partys, wo alle kurz vor der Schnappatmung die einfach zu große Lücke zwischen Oberteil und Rock einer der schwergewichtigsten Damen im Raum betrachten, sind fast traumatische Plätze meines psychischen Versagens.

Ich kann mir hundert Mal sagen, „Es ist mir Wurst, was habe ich damit zu tun", und doch überfällt mich jedes Mal der Drang, die Menschen in den Arm zu nehmen, und sie vor sich selbst zu retten.

Frusttage

Nach einem Wochenende, dessen trübem Licht ich nur durch das Schließen meiner Augen zum Mittagsschlaf entkommen konnte, einem Montag, an dem ich mich zum Abholen meines Sohnes insgesamt 15 Minuten außer Haus befand, eines Dienstags, den ich in Sportklamotten verbracht hatte, da ich morgens bei Power Plate und abends beim Yoga war, einem Mittwoch, an dem ich mich abends abschminken wollte, um zu bemerken, dass ich es den ganzen Tag nicht geschafft hatte, mir überhaupt Farbe ins Gesicht aufzutragen, war ich am Donnerstagvormittag endgültig gefrustet.

Ich zog mich also an, schminkte mich, und machte mich auf den Weg in einen 15 km entfernten Schuh Outlet. Dort angekommen fand ich einen Parkplatz in unmittelbarer Nähe und trabte durch den Nieselregen zum Geschäft. Die Tür war auf und Menschen trugen Türme von Schuhkartons hinein. Als ich hineinging, rief mir ein Mann zu „Wir haben noch geschlossen, wir machen erst um 11 auf." „Mist!" sagte ich und schickte mich an, zu dem benachbarten Klamotten Outlet zu gehen. Das Licht war an, ich sah Menschen, ich zog an der Tür. Zu. Öffnungszeiten 11-20h stand auf dem Schild. Es war 10:30, ich fühlte mich sowieso, als würde ich Arbeit schwänzen - auch, wenn ich am Vortag von 8:30 bis 20:00 Uhr in einem Rutsch durchgearbeitet habe. Irregeleitetes Pflichtbewusstsein, eine weitere meiner Macken.

Jedenfalls verging mir schlagartig die Lust zum Shoppen. Ich erblickte einen Supermarkt und dachte mir, dass ich mich wenigstens mit Essen trösten könnte. Ich ging hinein und bekam sofort Beklemmungen. Nach der Renovierung war das Ding riesig und ich fühlte mich sofort klein und verloren. Ich hatte schon Hunger, da mir mein Kollege in einem Telefonat am Morgen bereits den Speiseplan seines Lieblingsrestaurants ins letzte Detail verkündet hatte, und ich dachte mir: Rinderfilet.

Also auf zur längsten kombinierten Käse- Wurst- Fleischtheke. Nach geschätzter 20-minütiger Wanderung entlang der Auslagen erreichte ich die Weiten der Fleischabteilung. Schön ordentlich lag alles vor mir, nur eines fehlte: eine Verkäuferin. Ich machte mich also auf den Weg zurück, und nach einem Tagesritt kam ich wieder im Käsegebiet an, ohne unterwegs auch nur einer Menschenseele begegnet zu sein.

„Wer kann mir denn beim Fleisch helfen?" fragte ich die Dame, die sagte, „Ich klingle mal, gehen sie ruhig schon wieder nach vorne, Kollegin kommt gleich."

Dankbar darüber, dass ich morgens Turnschuhe angezogen hatte, mobilisierte ich die letzten Kräfte und brach auf in Richtung Fleisch.

Terra deserta unterwegs – ich sah schon ausgetrocknete Kamelskelette und Kakteen vor meinem geistigen Auge. Bei der Fleischoase angekommen, lagen die rosig schimmernden Schweine- und Rinderteile noch immer verheißungsvoll vor mir, aber eine mitleidige Seele, die mir diese auch verpackt und verkauft hätte, war nicht zu sehen.

Ich hatte jetzt richtig Hunger, Durst, und musste dringend zur Toilette. Ich hatte keine Kraft, länger zu warten. Ich schlich zu den abgepackten Fleischwaren und wählte ein Stück Rinderhüfte aus.

Nach einer völlig verschenkten Stunde zu Hause angekommen, warf ich das Fleisch in die Pfanne und setzte mich nach vier Minuten zum Essen hin. Es war schrecklich. Zäh und völlig geschmacklos lag das Stück eines armen Rindes, das hierfür gestorben war, vor mir auf dem Teller. Ich versuchte, kleine Stücke abzuschneiden, die man zur Not ohne Erstickungsgefahr im Ganzen herunterschlucken konnte, und schüttete mir Grillsoße auf den Teller.

Es half nichts.

Nach zwei Bissen nahm ich das Fleisch und warf es in den Mülleimer. Glücklicherweise hatte der ganze Morgen mir meinen Appetit so weit verdorben, dass ich nach dem ausgefallenen Mittagessen direkt zum Nachtisch über gehen konnte und mir zwei Schokoriegel zwischen die Zähne schob.

Irgendetwas muss anders werden, ich weiß nur noch nicht, was.

Gleichheit

Natürlich glaube ich an die Gleichheit von Mann und Frau.
Gleich im Sinne von: gleiche Chancen, gleiche Rechte, gleiche
Wertigkeit.

Bevor ich Kinder hatte, dachte ich sogar, Männer und Frauen
seien als Säuglinge und Kinder wie gleiche, unbeschriebene,
weiße Blätter. Seit ich einen Sohn habe, zweifle ich. Meine
Tochter wuchs auf mit Spielzeugautos, Legosteinen und beim
Basteln mit ihrem Vater in der Garage. Sie trug bevorzugt
Hosen und hasste wenig mehr als die Farbe pink. Auch mein
Sohn wuchs auf mit Spielzeugautos, Legosteinen und beim
Basteln mit seinem Vater in der Garage, trug Hosen – na ja, er
mochte pink, denn laut ihm „Gibt keine Mädchen- oder
Jungsfarben, alle Farben gehören allen." Da lacht das
Feministenherz.

Aber da hört der Spaß schon auf. Er hat ganz klare und
eindeutig männliche Wesenszüge, die sich in Geräuschen,
Aktivitäten und Statements äußern, die ganz einfach niemals
einer Frau auch nur im Entferntesten in den Sinn kämen.

Ob im Kindergarten oder der Grundschule: wie viele
Mädchen sitzen beim Essen und bewegen Erbsen mit
„brrrrrrrmmm" „eeeeeemmmmm" von rechts nach links, lassen
sie Massenkarambolagen verursachen, oder sie „aaagggghhh"
vom Tellerrand in den sicheren Tod stürzen?

Wie viele Mädchen bauen Sandburgen mit gleichaltrigen Urlaubsbekanntschaften, um in stundenlanger Kleinarbeit entstandene Folterkammern, Panzerzufahrten und Todeszonen innerhalb weniger Sekunden nach Fertigstellung Godzilla-gleich in den Erdboden zu stampfen?

Wie viele Mädchen stellen im Brustton der Überzeugung nach zwei gelungenen Schwimmzügen fest: „Ich bin jetzt auch voll der Schwimmer!"?

Wie viele Mädchen geben dem Schrank, gegen den sie gerade gelaufen sind, die Schuld an der Beule – als ob das Möbelstück hinterrücks just im Moment des Vorbeilaufens aus dem Boden geschnellt sei?

Wie viele sechsjährige Mädchen unterhalten sich stundenlang über „Obi", „Jedi", oder „Lichtschwertkampf" mit detailgetreuer Nacherzählung unendlicher Kampfszenen, ohne auch nur EIN Mal eine einzige Sekunde Star Wars gesehen zu haben?

Wie viele Mädchen stehen vor einem einsamen weißen T-Shirt auf dem Badewannenrand und schreien wutentbrannt mit hochrotem Kopf „Wo ist das weiße T-Shirt???"

Auch, wenn ich mich fürchterlich unbeliebt mache: ich glaube fest, es gibt genetische Unterschiede.

Geschmeidigkeit

Als Kind und Jugendliche war ich eine richtige
Sportskanone. Turnen, Tennis, Ballett, Volleyball AG,
Skifahren. Alles meine Sportarten. Nichts davon super gut, aber
in jeder gut genug. Das persönliche Highlight war die
Teilnahme an „Jugend trainiert für Olympia", wo ich dann aber
auch irgendwo im nicht interessanten Mittelfeld landete. Ich
war aber ein sehr gelenkiger und geschmeidiger Mensch.
Spagat, Flick-Flack, Bogengänge vorwärts und rückwärts auf
dem Schwebebalken, alles kein Problem.

Wie kann es sein, dass ich inzwischen Probleme habe, mir
beim Duschen im Stehen die Beine zu rasieren?

Dass es –ähäm- Situationen gibt, die von mir rüde mit einem
„Ach Gott, halt, mein Kreuz" unterbrochen werden? Und ich
spreche nicht von außergewöhnlichen Stellungen aus dem
Kamasutra.

Und wieso habe ich mir ein Auto gekauft, das wunderschön
ist, aber aus dem ich nur mit einer bestimmten
Schwungtechnik, mich am Rahmen festhaltend, aussteigen
kann?

In einem Anfall von „jetzt-will-ich-es-wissen" probierte ich
kürzlich, mich vom Boden aus in eine Brücke zu hieven. Der
Ausdrucke „hieven" ist hier sehr bewusst gewählt.

Es hätte auch durchaus geklappt, wenn ein kleiner
Hubwagen in der Nähe gewesen wäre.

Meine letzte Reminiszenz an meine jugendliche Geschmeidigkeit ist das Radschlagen. Meine Tochter musste dies für den Sportunterricht üben und hatte keinerlei Idee, wie sie ein Rad bewerkstelligen könnte. Ich wartete, bis ihre Freundin zu Besuch war und lenkte das Thema unschuldig zum Sportunterricht. Es war die Stunde meines Triumphs. Ein letztes Aufbäumen gegen die starren Gelenke und müden Knochen. Mit einem „Was, Radschlagen ist doch so einfach!" stellte ich mich ins Wohnzimmer, nahm Schwung und produzierte das perfekte Rad. Knie durchgedrückt, auf einer Linie, bis in die Zehenspitzen gestreckt.

Ich stellte mich – meine schwere Atmung krampfhaft unterdrückend- vor die Mädchen, sagte, „Das ist doch einfach, alles reine Übungssache!" und genoss die staunenden und anerkennenden Blicke.

Ich habe es noch voll drauf.

Grenzen

Es gibt Menschen, die sich aus der Stratosphäre auf die Erde stürzen müssen, oder den Mount Everest erklimmen, um an ihre Grenzen zu kommen.

Ich hingegen, stoße an meine an fast jedem kleinen doofen Alltag, den der Herrgott werden lässt.

Zwei Excel-Listen zusammenführen, ohne, dass Duplikate übernommen werden? Grenze.

Ein warmes Essen, bei dem mehr als zwei Komponenten auf den Punkt und gleichzeitig fertig sind? Grenze.

Das vierte (und fünfte und sechste...) Stück Schokolade einfach liegen lassen? Grenze.

Und jetzt auch noch das Autofahren.

Dazu muss man wissen, dass ich seit vielen Jahren Auto fahre und schon die unterschiedlichsten Modelle bewegt habe. Und bis auf wenigen Male erfolgreich, also zum Beispiel, als ich den relativ neuen BMW, der frisch aus seinem ersten Service kam, gereinigt und vollgetankt, um einen Baum gewickelt habe. Und dessen Besitzer ein kompletter Autonarr und mein damaliger Freund mich trotzdem geheiratet hat, und sich inzwischen Göttergatte nennen darf.

Oder als ich für meine Firma einen Sprinter fahren musste, und vor der Einfahrt in eine Garage den Kopf einzog, was leider nicht beinhaltete, dass das Auto an Höhe verlor, und ich mit dem Dach an der Betondecke hängen blieb.

Also Kinkerlitzchen.

Allerdings stieß ich kürzlich schmachvoll mal wieder an eine Grenze.

Ich sollte das Auto einer Bekannten ca. 500 Meter bewegen. Sie gab mir den Autoschlüssel, und ging weg. Ich setzte mich also in das Auto und steckte das Plastikteil, das man heutzutage einen Schlüssel nennt, in den vorhergesehen Schlitz und versuchte, das Auto anzulassen.

Grenze.

Ich suchte den Startknopf, versuchte, das Plastikstück zu drehen, nichts. Plötzlich leuchtete ein Licht: Zum Starten Kupplung treten. Ich trat die Kupplung und weiterhin – nichts.

Sollte ich aussteigen, zu Sabine gehen und ihr sagen, dass ich nicht fähig bin, ein Auto anzulassen? Niemals.

Ich suchte also im Handschuhfach nach der Bedienungsanleitung, fand nach längerem Suchen auf Seite 75 den Hinweis, dass man die Kupplung treten muss, und dann das Plastikteil nochmal weiter in den Schlitz stecken muss, und startete triumphierend das Auto.

Wer will denn schon aus einem Heißluftballon springen, oder Bergsteigen, wenn man solche Grenzüberwindungen des

Ichs, wie ein Auto anzulassen, direkt hier quasi vor der Haustür erleben kann?

Haariges

Es soll ja Frauengruppen geben, die beim Anblick des „Magnum'schen" Brusthaars vor Vergnügen reihenweise in Ohnmacht gefallen sind. Das kann ich nachvollziehen, allerdings nicht aus Freude. Ich habe ein eher gespaltenes Verhältnis zu Männerhaaren.

Ich hatte einmal einen guten Bekannten, der witzig, gutaussehend, nett und überhaupt eine coole Socke war. Es lag etwas in der Luft, bis wir uns eines Abends zum Kino verabredet hatten und er zur Feier des Tages ein Hemd angezogen hatte. Jegliche zarte Liebespflänzchen erloschen in der Sekunde, als ich sah, dass Unmengen von Brusthaar zwischen seinem geöffneten Knopfloch hervorquollen. Es war wie in einem schlechten Horrorfilm, ich konnte vor Schock nicht aufhören, die Stelle unter seinem Schlüsselbein zu betrachten. Er muss sich gefühlt haben wie eine Frau mit riesigen Brüsten, bei der Augenkontakt in einer Konversation ebenfalls eher zwischen den Augen des Gegenübers und ihren Brüsten statt „Auge zu Auge" stattfindet. Ich ließ den Kontakt zu Michael sanft einschlafen – eine im Nachhinein etwas übertriebene Reaktion, aber damals für mich die einzig logische.

Meine nächste prägende Haarerfahrung war ein Meeting, in dem der einzig gutaussehende, gut riechende, und gut gekleidete Kollege unter 10 anwesenden Männern neben mir saß. Kein schlechter Ausgangspunkt für die nächsten zwei

Stunden. Bis ich ihm etwas ins Ohr flüstern wollte und mich zu ihm hinüberbeugte. Es war der Horror. Er hatte, was Magnum auf der Brust hatte, im Ohr. Nur länger. Vor meinem geistigen Auge tauchte eine fingernagelgroße Rapunzel auf, das sich an den dicken Tauen aus seiner Ohrmuschel abseilen wollte, um der bösen Stiefmutter zu entfliehen.

Ich wurde fuchsteufelswild und sauer.

Nicht auf Bernd, sondern auf seine Frau. Wie konnte sie so etwas zulassen? Saß sie nie neben ihrem Mann? Hatte sie ihn noch nie genug betrachtet, um die Büschel, die sich aus seinem Ohr ergossen, zu bemerken? Eine Ehe muss stark genug sein, ein „Schatz, ich mach dir mal eben die Haare da weg" auszuhalten. Nein, ich propagiere nicht den komplett haarlosen metrosexuellen Mann, bin ich doch glücklich mit einem verheiratet, der an manchen Stellen über Körperbehaarung verfügt. Aber an anderen eben nicht. Und mal ehrlich, schwarz behaarte Männerfinger, die über einen weichen Frauenkörper streichen, oder Nasenhaare, die beim Küssen an der Oberlippe kitzeln, sind doch komplette Liebestöter.

Und jedem, der vielleicht ein einzelnes schwarzes Haar, das meiner täglichen Beobachtung meines Kinns entgangen ist, sieht, bin ich dankbar, wenn er mich darauf hinweist. Es muss sofort vernichtet werden!

Höflichkeit

Ich habe eine gute Erziehung genossen – oder das, was man sich in einer Mittelklassefamilie darunter vorstellte. Anständige Tischmanieren, danke, bitte, gerne, älteren Menschen den Vortritt lassen, Respekt vor Lehrern und anderen Amtspersonen, usw. Letzteres habe ich nie ganz abgelegt – noch heute muss ich schlucken, wenn ich mit einem Polizisten spreche. Dass dies alles nicht so selbstverständlich ist, wurde mir zuerst in der 11. Klasse bewusst, als ich in eine Privatschule wechselte. Die Kinder reicher Eltern hatten ganz sicher keinen Respekt vor Lehrern, und benahmen sich, als ob ihnen die Schule gehörte. Das war nicht bösartig, sondern mit einer unglaublichen Selbstverständlichkeit: mir gehört die Welt, ist halt so.

Auch Kinder, die immer kämpfen mussten, waren viel mehr fordernd und nahmen sich viel mehr – ohne zu fragen und bitte und danke.

Diese Lektionen, Stärke zu demonstrieren, meine Meinung zu äußern, Schwätzer zu unterbrechen, und meinen Chef zu sagen „Das finde ich nicht" habe ich erst mühsam und langsam erlernen müssen und konnte es erst ab Mitte Dreißig umsetzen. Ich bin nicht zum Komplett-Arsch mutiert, der über Leichen geht, aber ich habe erst nach und nach ein ganz gesundes Selbstbewusstsein entwickelt.

Ich sage nein, da kann ich nicht, wenn sich jemand mit mir an einem Dienstagabend treffen will, denke mir „geliebt werde ich von meiner Familie" wenn ich im Job „pitbullig" an einem Thema bleibe (diese Bezeichnung eines ehemaligen Chefs habe ich bis heute als höchste Auszeichnung verstanden) oder meine, andere Menschen zurechtweisen zu müssen, wenn sie, nachdem sie mir die Vorfahrt genommen haben, an der Ampel vor mir stehen, ich aussteige und ich ihnen erkläre, dass die Straßenschilder nicht nur zur Zierde an der Ecke stehen.

„Höflich erkläre", statt „zurechtweise" sollte ich sagen – man kann ja nie so ganz über seinen Schatten springen.

Home-Office

Wenn man seit über 15 Jahren für eine große internationale Firma im Home-Office arbeitet, findet man dies ganz normal. Man arbeitet, hat Besprechungen, leitet Projekte, kurz, man macht alles, was man vorher in einem Büro erledigt hat, eben zu Hause.

Wie ungewöhnlich diese Art des Arbeitsplatzes trotz Corona und aller verbalen Bekenntnisse zur virtuellen, vernetzten Welt immer noch ist, zeigen die Reaktionen, wenn ich über meine Arbeit spreche und die Tatsache, dass immer mehr Mitarbeiter wieder in Büros gezwungen werden.

Viele können sich kaum jemand vorstellen, dass man einen einigermaßen verantwortungsvollen Job von zu Hause erledigen kann. Ich werde also von älteren Semestern gerne als eine Art Akkordarbeiter, der zu Hause Bürsten bindet oder Topflappen häkelt, angesehen.

Zum anderen sind da diejenigen, die Home-Office mit „Freizeit" verwechseln. Natürlich kann ich mal zwischendurch die Waschmaschine anstellen oder ein Kind von A nach B fahren. Aber eben nur, wenn nicht gerade Besprechungen angesetzt sind, die gerne auch mal – immer mit verschiedenen Teilnehmern und zu verschiedenen Themen- drei bis vier Stunden am Stück dauern.

Da hat man dann nur die Möglichkeit, sein Telefon auf stumm zu stellen, zu beten, dass keiner eine Frage stellt, und man – immer mit einem Ohr lauschend- um die Ecke zur Toilette huscht.

Dieser Supertrick wurde aber auch immer schwieriger, seit wir dazu übergegangen sind, unsere Meetings per Video abzuhalten.

Dies führt regelmäßig zu skurrilen Situationen. Eine Kollegin hat eine wunderschöne Perserkatze, die es sich IMMER direkt mit ihrem Hintern zur Kamera gewandt, auf dem Schreibtisch gemütlich macht. Ein leckerer Anblick, besonders, wenn sie dann anfängt, ihr Hinterteil abzulecken.

Eine andere Kollegin verwechselt die Kamera mit einem Spiegel, da sie sich immer noch mal eben auf ihrem Bildschirm betrachtet, und dabei die Haare kämmt oder die Lippen nachzieht.

Vor einiger Zeit hatten wir ein Meeting mit Kollegen aus Amerika und China. Für die Amerikaner war es sehr früh, für die Chinesen sehr spät am Tag. Einer der amerikanischen Kollegen und ich hatten uns schon einige Minuten vor Beginn in die Konferenz eingewählt. Ich konnte ihn also sehr schön dabei beobachten, wie er seine Baseball Mütze absetzte, sich kämmte, und ein Hemd über sein Mickey Mouse T-Shirt anzog.

Mein chinesischer Kollege kam dazu und ich schwöre, dass er eine Whisky Flasche neben seinem Schreibtisch stehen hatte!

Ich bin ja ganz clever und habe mir ein Post-it über die Kamera meines Rechners geklebt, das ich erst abziehe, wenn alles picobello ist und ich sitze.

Denn eines muss ich zugeben – ich bin so, wie man sich früher die Tagesschausprecher vorgestellt hat: ab der Hüfte präsentabel und darunter im Schlabberlook. Im Winter sitze ich mit weißer Bluse, Weste, roten Lippen und Jogginghose mit Socken und gerne auch einer zusätzlichen Decke in Besprechungen, im Sommer in weißer Bluse, roten Lippen und Shorts und Flip-Flops.

Zum Glück bin ich da nicht allein. Mein Chef, auch einer der vielen Home-Office Mitarbeiter, klagte kürzlich, dass er zu einer Konferenz müsse. Als ich ihm sagte, dass es doch mal eine schöne Abwechslung sei, mal wieder raus und unter echte Menschen zu kommen, sagte es, dass das alles gut und schön sei, er sich aber erst mal neue Schuhe kaufen müsse, weil er seit Jahren barfuß arbeitet.

Gut, dass nach Corona wieder mehr Menschen in Büros müssen, denn Kleiderhersteller würden auf allen Unterkörper-Teilen und Schuhmanufakturen auf ihren Produkten sitzen bleiben!

Identifikation

Zu Zeiten meiner Oma sprach man über Menschen, die man kannte. Wenn sie also mit ihrer Freundin in der Küche saß, ging es um "Die Schwägerin vom Schmidt Manfred aus der Tannenstraße" (um keine Verwechslung mit der Schwägerin vom Schmidt Philip aus dem Kiefernweg aufkommen zu lassen) oder um "Die Schwester von der geborenen Müller, vom Fahrrad Müller, die in Ketsch". Jeder, außer mir, die ich gerne unbeteiligt tat, um Erwachsenenklatsch und Tratsch zu erhaschen, wusste also genau, um wen es bei den Geschichten ging.

Irgendwann änderte sich die Welt. Man sprach über Menschen, die man zwar kannte, deren Verwandtschaftsverhältnisse, oder Berufe der Väter aber nicht interessant oder bekannt waren.

In der Schule konnte man seine Mitschüler noch an Eigenheiten erkennen und benennen.

Wenn wir vom "Zi" sprachen, wusste jeder, dass unser Klassenkamerad Thomas gemeint war, der -sagen wir einmal zünglich gehandicapt- es in 9 Jahren Gymnasium nicht ein Mal geschafft hat, ein englisches th auch nur ansatzweise ohne zu spucken auszusprechen.

Es gab natürlich auch Bosheiten, die aus heutiger Sicht stark an Mobbing grenzten, nur nannte man das damals nicht so. Die "Krätze" war eine Mitschülerin, die unter starker Neurodermitis litt, und sich ständig schubberte und mit Stiften am Rücken kratzte. Wir meinten den Spitznamen noch nicht einmal böse, es ist nicht so, dass sie niemand leiden konnte, es war nur eindeutiger, von Krätze als von Christine zu sprechen, denn derer hatten wir 3 in der Klasse und keiner wusste, mit wem sie verwandt waren, oder wo ihre Schwägerinnen wohnten. (Trotzdem ist es mir heute unendlich peinlich, und ich entschuldige mich von ganzem Herzen bei Christine!)

Irgendwann fing man dann an, sich über Menschen, die man überhaupt nicht kennt, zu unterhalten. Interessant, was das über die Gesellschaft aussagt, oder?

Was geblieben ist, ist die Identifikation über Negatives. Man sitzt in Straßencafé und spricht über eine schöne Frau, die in der Nähe wartet. Hand aufs Herz: wer sagt: "Guck mal, die Hübsche da drüben"? Keiner. "Miss Germany", "Deutschlands nächstes Pseudomodel" und andere Spitzen müssen herhalten.

Das gilt aber nicht nur für schöne Menschen. Wie kann man also einen jungen Mann in einer Gruppe ähnlich gestylter Jungs identifizieren? Genau. Der mit der großen Nase, mit den Segelohren, mit dem Silberblick.

Ich weiß noch, als ich früher mit meinen Verwandten in Italien war. Zehn Stunden am Strand, nur eine Bildzeitung, man lästert eben. Über den "Don", der immer unbeweglich auf einem besonderen Stuhl in der Sonne saß und durch seine Sonnenbrille geradeaus aufs Meer schaute, den "Knapper", einen leicht hinkenden Mann, oder über "Frau Schweitzer", die, nach einigen Tagen in der prallen Mittagssonne eben der namensgleichen Dame zu Hause ähnlich zu sehen schien.

Immerhin sind einige Bezeichnungen so, dass sie nur von Eingeweihten zu verstehen, und damit weniger beleidigend, sind. Wenn meine Schwester und ich von einem Ihop sprechen, ist das eine Referenz an das Lied mit der Zeile "I hob rode Hoar, feierrode Hoar, so rod", bezeichnet also einen rothaarigen Menschen. Und mit dem Ausdruck "Gruschtl" lässt sich äußerst treffend eine Frau beschreiben, die ungeschminkt, mit unvorteilhafter Frisur, und mit Kleidung, die sie mindestens 10 Jahre älter erscheinen lässt, völlig unspaßig durchs Leben huscht.

Das ist nicht böse gemeint, da könnte man was draus machen!

Warum verplempern wir Zeit und Energie, uns über Menschen, die wir entweder nicht kennen, oder nicht leiden können, zu unterhalten? Keine Ahnung.

Mit Social Media haben wir einen neuen Gipfel der Banalität und Gehässigkeit erklommen. Man regt sich über andere Meinungen und andere Gepflogenheiten von Menschen auf, die man nicht kennt und mit denen man nie im echten Leben zu tun haben wird. Gerne ist man ständig tödlich beleidigt und ein Opfer von was auch immer. Klatsch und Tratsch der früher eine Stunde am Abend einnahm, dauert jetzt 24/7.

Irgendwie haben wir alle zu viel Zeit ....

Interessante

Es gibt Tage, da begegnet man interessanten Menschen. Also, jetzt nicht irgendwelchen Nobelpreisträgern, internationalen Athleten, oder Slumärzten. Interessant mehr so im Sinne einer giftigen grünen Raupe mit langen schwarzen Haaren auf Höckern und einem roten Stachel. (Die gibt es übrigens wirklich, wer weiß, was das ist, kann sich gerne bei mir melden).

Meine Tochter und ich waren in Düsseldorf auf der Kö in einer amerikanischen Kaffeekette, deren Speisen und Getränke ich für völlig überbewertet und überteuert halte. Aber wenn ich schon einmal mit meiner Tochter in der Stadt bin, gehe ich relativ willenlos auf die Wüsche eines typisch deutschen Teenies ein. Nach gefühlten Stunden näherten wir uns einem Menschen, der unsere Bestellung aufnahm. Da mir das alles zu kompliziert ist, denn seit wann ist denn „tall" ein winziger Becher, bestellte uns meine Tochter irgendetwas. Das ließ mir Zeit, eine Szene neben mir zu beobachten.

Eine Frau aus einer – sagen wir einmal: in ihrem Heimatland offensichtlich herrschenden Schicht – brachte die Mitarbeiterin, die ihren Kaffee zubereitete, zum Wahnsinn. Der erste Kaffee (oder wie auch immer das Getränk dort heißt) wurde zur Seite gestellt, da es offensichtlich Unterschiede in der Größenbeurteilung der Becher gegeben hatte. (Ha! Sag' ich doch – tall ist klein!) So weit so gut. Der zweite Becher musste ebenfalls neu gemacht werden, da die Kundin plötzlich eine andere Milchart verlangte als die, die sie bestellt hatte.

Beim dritten Becher wurde es laut. Die Kundin weigerte sich, das Getränk anzunehmen, da die Mitarbeiterin beim Abwischen der Arbeitsplatte mit ihren Lappen an die untere Außenseite des Bechers gekommen war und der nun offensichtlich kontaminiert war. Woraufhin die Mitarbeiterin den kompletten Becher in hohem Bogen in den Ausguss warf, ihrer Kollegin bedeutete, dass sie sich nun um die Kundin zu kümmern habe, und dem nächsten in der Reihe ein Getränk zubereitete. Wer braucht eine Diva, wenn er solche Kunden hat?

Auch auf die Gefahr hin, als seltsame Mutter zu gelten, die mit ihren Kindern nur in amerikanischen Ketten isst und trinkt, trafen wir in einer Burger Bude auf einen weiteren interessanten Menschen. Wir saßen in diesem „Restaurant", ich mit Blick auf den Tresen.

Ein älterer Mann und seine Frau bestellten ihr Essen und nahmen hinter meiner Tochter Platz, sodass ich sie gut sehen konnte. Die Frau packte ihren Burger aus, und biss genussvoll hinein. Der Mann packte seinen Burger aus, nahm ihn in die Hand, betrachtete ihn von allen Seiten, klappte ihn auf, schaute noch etwas mehr und stand auf. Er ging zum Tresen und fragte das Mädchen, welchen Burger sie ihm verkauft habe. Sie sagte den Namen und der Mann deutete auf die Leuchtreklame über ihrem Kopf. „Diesen da, oder?" fragte er. „Ja, einen xxx", war die Antwort. Der Mann wurde plötzlich etwas lauter: „Wollen sie mich verarschen? Schauen sie sich das Bild an und dann schauen sie sich das an, was ich habe. Das hat ja wohl NICHTS miteinander zu tun! Das ist Irreführung! Ich will mein Geld zurück!" Verdutzt rief das Mädchen den Manager, der dem Kunden sein Geld zurückzahlte. Dieser setzte sich zu seiner Frau, bis diese fertig war, und beide verließen das Gebäude.

Ich schwanke bis heute zwischen der Frage, ob der Mann auch glaubt, dass er in einer bestimmten Hose einen wunderbaren Knackarsch hat, weil es auf dem Bild so aussieht und einem gewissen Verständnis für ihn und seine „Jetzt reicht es aber" Handlung.

Und dann sind da noch interessante Menschen mit interessanten Autokennzeichen. Ich meine damit nicht „Oma des Jahres 1999" oder „Ein Herz für Kinder" Aufkleber, die man sich irgendwann aus einer Laune heraus ans Auto geklebt hat, um sie dann für die nächsten Jahrzehnte zu vergessen, so wie man vergessen kann, dass der Heckscheibenwischer bei 25 Grad seit 10 Kilometern über die Scheibe kratzt.

Nein, ich meine echte Nummernschilder, die man ohne rot zu werden und in vollem Bewusstsein auf der Zulassungsstelle beantragt. Ganz vorne dabei das Nummernschild eines ehemaligen Finanzvorstands, der allen Ernstes mit SE-X in der ersten Reihe des Firmenparkplatzes stand, oder der knapp hüfthohe Typ, der aus einem mattschwarzen Porsche Cayenne mit einem DI-CK Kennzeichen stieg.

Was denken sich manche Menschen?

Interessant.

IT-Hotline

Seit ein paar Tagen poppte alle 20 Minuten die Fehlermeldung „Error. Server connection not found" auf meinem Bildschirm auf. Am ersten Tag fragte ich meinen computer-affinen Kollegen, was das sein könnte und er meinte nur „Das hatte ich auch mal ein paar Tage, dann ging es einfach weg." Also wählte ich meine bevorzugte Methode des Umgangs mit PC-Problemen: hartnäckiges Ignorieren. Nach gefühlten 10000 Klicks auf „Fenster schließen" nach jedem Erscheinen der Fehlermeldung ging mir das Thema echt auf den Zeiger. Ich resignierte, das Unausweichliche musste geschehen. Ich musste die Hotline anrufen. Es war später Nachmittag und die deutsche Hotline war bereits nicht mehr besetzt, also landete mein Anruf bei indischen Kollegen. Ein netter Mann fragte mich, ob mein System deutsch oder englisch eingestellt sei. Ich sagte „englisch". Er sagte: „Aber sie sitzen doch in Deutschland, das kann nicht funktionieren." Unglaublich – der Mann war noch ignoranter also ich! Vielen Dank, auf Wiederhören...

Nächster Versuch. Eine nette Dame. „Aha, jaja, hmmm...das kann ich nicht lösen, das muss ich an einen Spezialisten weiterleiten." Dankeschön, auf Wiedersehen. Ich hatte noch keine Case ID bekommen. Hotline ohne Case ID ist wie ein Mensch ohne Gesicht, ohne Fingerabdrücke, ohne DNA. Er existiert nicht. Also öffnete ich online einen Case und hatte nach 2 Minuten eine Case ID in meiner Post. Immerhin.

Am nächsten Morgen verlegte ich mehrere Konferenzen, und delegierte einige Aufgaben, denn ich wusste, ein halber Tag würde – mindestens- vergehen, bevor ich meine Lieblingsmitteilung abgestellt bekäme.

Neuer Versuch – die deutsche Hotline. Mensch Nummer Drei will mir nicht helfen, weil ich ihm dummerweise gesagt hatte, dass ich gestern mein Problem gemeldet hätte und es ohne Case ID – haha, Nerdwitz- an den Spezialisten gegeben werden sollte. Aber nein, „wenn die ihren Benutzernamen haben, kümmern die sich darum, auch ohne Case ID, das kann ich nichts machen" war die lapidare Antwort. Gutes Zureden half nicht. „Da kann ich nichts machen", blieb die Antwort.

Mensch Nummer 4 – wieder mal in der deutschen Hotline- bekam von mir nur die Case ID und ansonsten keine weiteren Hinweise, schon gar nicht einschmeichelnde Nerdwitze. Er wählte sich also in meinen Computer ein und übernahm die Kontrolle. Die Tatsache, dass ein wildfremder Mensch mit meinem Cursor auf meinem Computer Programme und Ordner öffnet, von deren Existenz ich nicht zu träumen wagte, ruft eine gruselige Erregung in mir hervor. Er suchte und suchte und nach 30 Minuten gab er auf. Er wollte sich schlau machen und sich wieder melden. Tatsächlich klingelte nach 20 Minuten mein Telefon und Mensch Nummer 4 eröffnete mir, dass mein Outlook neu aufgesetzt werden müsse. Mir wurde schlecht. Die Aussage war ähnlich wie „wir müssen ihren Kindern mal eben neue Herzen verpflanzen." Mein Outlook ist, was ich bei meiner Arbeit bin. Es ist mein Gehirn. Wer hat wann was gesagt, geschrieben, vorgeschlagen, abgelehnt. Es weiß alles und ich finde alles. Und das sollte jetzt quasi gelöscht und dann wieder neu und jungfräulich installiert werden? Ich sagte kategorisch „Nein!" Der Mann war sprachlos. Ich hätte doch sicher verstanden, dass dies die einzige Möglichkeit sei, mein Problem zu beheben. „Vielleicht." Und ich wollte also wirklich nicht, dass er das für mich tut? „Nein." Ich konnte seine Fassungslosigkeit durch das Telefon spüren. Er legte auf. Nach 20 Minuten rief er zurück. Ob ich in der letzten Zeit eine neue Telefonnummer bekommen hätte. „Ja." „Ach so. " Wie von Zauberhand übernahm er wieder die Kontrolle über meinen Computer, tauchte in die unendlichen Tiefen, entfernte irgendwo ein Häkchen und sagte: „So, jetzt ist die Fehlermeldung weg. Warum haben sie das mit der Nummer nicht gleich am Anfang gesagt?"

Ich werde mir für die nächste Fehlermeldung merken, eingenommene Mahlzeiten der letzten 24 Stunden, die Wettervorhersage für die nächsten 2 Tage sowie DAX-Änderungen der letzten 48 Stunden meiner Hotline mitzuteilen.

Man kann ja nie wissen, woran das Problem wirklich liegt.

Irrungen

Das Thema pubertierende Kinder schreit mich derzeit förmlich aus allen Medien an. Wahrscheinlich ist es dort schon länger präsent, ich habe es aber angesichts fehlender pubertierender Kinder bislang einfach übersehen. Allerdings habe ich beschlossen, dies auch weiterhin tun, weil ich mir denke, dass meine Eltern meine Schwester und mich auch ohne Bedienungsanleitung zu einigermaßen vernünftigen Menschen erzogen haben.

Ich lese sowieso nie Bedienungsanleitungen, bei keinem technischen Gerät, wieso sollte ich ausgerechnet bei der Erziehung damit anfangen? Mir waren schon werdende Mütter mit dickem Bauch und noch dickeren Ratgebern im Wartezimmer meiner Gynäkologin suspekt, weil ich immer überlegte, dass die Generation meiner Großmutter ein Buch mit Tipps wie " Legen sie einen Kopfhörer auf ihren Bauch und lassen sie ihr ungeborenes Kind den Klängen von Fremdsprachen lauschen." als nie im Leben möglich erachtet hätte. Außerdem gibt es in meinem Umfeld genügend Mütter, die sich schlau machen, und mir dann die Kurzversion der neusten wissenschaftlichen Erkenntnisse über Kinder einfach erzählen.

So weiß ich, dass sich meine 13- jährige Tochter in der "Hummerphase" befindet. Sprich, sie zieht sich wie ein Hummer in seine Höhle zurück, legt ihren alten Panzer ab, wächst, und kommt dann irgendwann wieder ins Leben zurück.

Soweit die Theorie. In der Praxis bleibt sie nicht immer in der Höhle, sondern taucht immer mal wieder zwischendurch wie ein Geist auf, sucht Nahrung - bevorzugt nichts Grünes oder ansonsten Gesundes- nuschelt in ihr Telefon in halben Sätzen "Stell dir vor, er hat gesagt, ...sie hat komisch geschaut, ... wir hatten einen Lachflash, ..." zieht meine Stöckelschuhe an, um darin in der Wohnung herumzustolzieren wie auf einem Laufsteg, ist beleidigt, wenn sie nicht alleine auf ein Konzert darf, und zieht sich dann wieder in die Höhle zurück.

Dieses intelligente Wesen leidet auch unter plötzlichen Amnesie - Anfällen, was mich teilweise in Bedrängnis bringt.

Was soll ich bitte in eine Entschuldigung schreiben, die nötig ist, weil sie 2 Stunden Religionsunterricht verpasst hat. "Bitte entschuldigen Sie das Fehlen meiner Tochter, der es ihr innerhalb von zwei Schulstunden nicht gelang, den richtigen Unterrichtsraum ausfindig zu machen."? Als Neuntklässler. In ebenderselben Schule, die sie schon seit der 5. Klasse besucht. Das war nämlich ihre Erklärung. Warum nur sie und ihre Freundinnen, aber nicht die Klassenstreberin diesen Unterricht verpassten, konnte sie mir nicht ganz schlüssig vermitteln. Wahrscheinlich hat die Streberin hündische Fähigkeiten und hatte einfach die Fährte der Religionslehrerin aufgenommen, was sie dann in den richtigen Raum führte. Mein armes Kind war offensichtlich in den grenzenlosen Weiten des Schulgebäudes herumgeirrt und hatte - man kann es nur als Wunder bezeichnen - irgendwie pünktlich zum Schulschluss wenigstens einen Ausgang aus dem Labyrinth gefunden.

Zum Glück, kann man nur sagen. Sonst würden Forscher, die in einigen Jahrzehnten die Leiche dieses schutzlosen Hummers in den weiten Fluren und Gängen des Schulanwesens finden würden, rätseln, warum dieses arme kleine Tierchen wohl so weitab seiner Höhle ganz allein unterwegs gewesen war.

Jungbrunnen

Ich liebe meine Kinder und würde sie wie eine Löwin bis auf den letzten Tropfen Blut verteidigen. Ich merke dies nur an, um etwaigen Missverständnissen vorzubeugen.

Denn an einem lauen Sommerabend, nach einem Abendessen auf der Terrasse, schauten sich mein Göttergatte und ich an, und stellten gleichzeitig fest: „Wir müssen nicht als Paar ein Wochenende wegfahren. Die Kinder müssen einfach zwischendurch ein Wochenende wegfahren!"

Es war wirklich herrlich: Vier Tage, an denen man nach der Arbeit essen gehen kann, ohne, dass jemand noch vor dem letzten Bissen verkündet, dass ihm sterbenslangweilig ist, und er jetzt auf der Stelle den Esstisch verlassen muss, wenn wir nicht wollen, dass sein lebloser Körper auf den Teller fällt. Tage, an denen man auf der Terrasse sitzen kann, ohne, dass jemand darüber meckert, dass das Wlan nicht bis dahin reicht, ohne dass das Essen als Ganzes oder in Teilen als nicht würdig für den menschlichen Verzehr deklariert wird, obwohl man unter Bratwurst mit Sauerkraut und Kartoffelpüree partout keine Menschrechtsverletzung erkennen kann.

Ohne, dass man seinen Tischnachbarn auf Schmatz-Geräusche oder Ellenbogen auf dem Tisch hinweisen muss; ohne lange blonde Haare, die immer und überall dort auftauchen, wo es ein bisschen ekelig ist.

Kurz, man konnte sich einfach mal als Erwachsener fühlen.

Es herrschte fast andächtige Stille im Haus. Kein Geschrei, Gezeter, Türknallen, keine Drei Fragezeichen Hörspiele oder Dudelmusik in totenaufweckender Lautstärke, keine Schulranzen, Sportsachen, oder Schuhe, die zum allgemeinen Hindernislauf aufgebaut waren, kein benötigter Fahrservice, oder notwenige Schlichtgespräche nach einem „Aber Mama, er hat gesagt...", „Hab ich gar nicht!", „Hast du aber wohl!". Stattdessen zwei Erwachsene, die in ihren eigenen vier Wänden tun und lassen können, was sie wollen, wann sie wollen, wie sie wollen.

Wir waren in einen Jungbrunnen gefallen, es war wie vor vielen Jahren.

Ein wunderbarer Genuss.

Aber nach vier Tagen waren wir trotzdem glücklich, unsere Kinder wieder im Haus zu haben. Es war schon ein bisschen ruhig gewesen.

Elternsein muss doch einige Gehirnströme stärker in Mitleidenschaft ziehen, als im Allgemeinen angenommen wird.

Kleiderstange

Mit einem „Das Boot kurz vor dem Auseinanderbrechen"-
ähnlichen Ächzen verabschiedete sich meine Kleiderstange von
der Seitenverankerung des Schranks. Die letzte 195 Gramm
Tunika war wohl zu viel gewesen.

Obwohl ich um die 5 Meter Kleiderschrank belege, hatte ich
bis dahin den Eindruck, einen relativ ausgemisteten Fundus zu
besitzen. Schließlich hatte ich vor ein paar Jahren drei
Umzugskisten mit maßgefertigten Hosenanzügen aus Bangkok
(topp Stoff, wie neu), Lederkostüme und Mäntel auf den
Dachboden geräumt und letzten Winter einen Berg Klamotten
der Größe 36/38 weggegeben. Sieg der Vernunft über die
fünfzehn Kilo, die ich in diesem Leben nicht mehr dauerhaft
und ohne größere Anstrengung loswerde. – Außer, ich gewinne
im Lotto, habe den ganzen Tag Zeit, mich meinem Pferd und
meinem Personal Trainer zu widmen, was mich dann zwingen
wird, wieder Kleider der besagten Größen zu kaufen. Bis dahin
– wie gesagt: Sieg der Vernunft.

In jedem Fall überraschte mich dann doch, was dieser Bruch
der Kleiderstange zu Tage förderte.

Ja, ich hatte dumpfe Erinnerungen an einzelne Teile, aber
habe ich die wirklich und ernsthaft jemals getragen?

Kostüme mit Blazern, deren Schulterklappen als
Flugzeugträger fungieren könnten. Pullis, die in jedem
Flüchtlingslager als Massen-Notunterkunft willkommen wären.

Schals mit Farben, bei denen jeder Farbenblinde für seine Einschränkung dankbar wäre.

Aber dann tauchten eben auch die ärmellose Weste, die ich als verschollen gemeldet hatte, und eine wunderschöne Bluse, die ich jetzt in doppelter Ausführung habe, weil ich sie, anstatt gefunden, nachgekauft hatte, wieder auf. Mein alles reparierender Göttergatte brachte nach ein bisschen Fluchen die Kleiderstange wieder an.

Und nach erneutem Ausmisten habe ich jetzt wieder 10 cm Platz für Neues.

Kleine Handgreiflichkeiten

Ich saß bei der Zulassungs- und Führerscheinstelle der Kreisbehörde und wunderte mich darüber, dass es nicht mehr Handgreiflichkeiten im Alltag gibt. Ich spreche nicht über rohe, sinnlose Gewalt, davon haben wir weiß Gott genug, sondern über eine kurze, gepflegte Ohrfeige, nach der sich der Geohrfeigte schamrot in seine Ecke verzeiht.

Ich war zu einer relativ günstigen Zeit gekommen, um mir einen internationalen Führerschein ausstellen zu lassen. Wir wollten im Urlaub ein Auto mieten, und da die Angaben darüber, ob man einen internationalen Führerschein braucht, offensichtlich vom Wetter abhängen, hatte ich beschlossen, mir sicherheitshalber einen zu besorgen.

Ich war um 10 Uhr dort, was bedeutete, dass die gewerblichen Auto-Anmelder schon wieder an ihren Schreibtischen saßen, und die meisten der beschäftigten Beamten ihr Frühstück schon beendet hatten, sodass eine Reihe von Schaltern besetzt war.

Auch im Wartesaal war recht wenig los. Die Reihen von Sitzen, die leer waren, hielt einen mittelalten Mann nicht davon ab, sich direkt hinter mir in die Reihe zu quetschen, wobei er mir einen leichten Schlag auf den Hinterkopf zufügte. Das alleine hätte schon eine kleine Ohrfeige gerechtfertigt. Das größte Problem war jedoch, dass dieser Mensch bestialisch stank. Nicht nur nach einer schrecklichen Sache, sondern nach dieser ganz besonderen Mischung, bei der jeder Frau das Herz aufgeht. Ungewaschene Achseln, eine offensichtlich vollgepinkelte, und seit Tagen nicht gewechselte Unterhose, gepaart mit altem Nikotin. und – der Kracher, da er durch den Mund atmete- ungeputzte Zähne.

Wenn das nicht der Freifahrtschein ist, aufzustehen, dem Mann eine auf die Backen zu hauen, ihn nach Hause zu schicken und ihm zu sagen, er solle NIE wieder in diesem Zustand auch nur daran denken, das Haus zu verlassen, dann weiß ich auch nicht.

Was tat ich stattdessen? Beugte mich nach vorne, um etwas Abstand zu gewinnen, und stand dann auf, um mir „die Beine zu vertreten".

Mal wieder lobpreiste ich den Herrn, dass ich als „Home-Office Worker" höchstens mit meinem eigenen oder dem Duft meiner Familie konfrontiert werde, und da wir einen eher zu hohen Wasserkonsum pflegen (besonders meine Kinder – wieso braucht es so viel länger, solch kleine Körper zu duschen, als meinen ausgewachsenen?) läuft man eher Gefahr, einer Überparfümierung als fürchterlichem Gestank ausgesetzt zu sein.

Dann war ich an der Reihe meinen internationalen Führerschein ausstellen zu lassen. Und wieder wäre eine kleine – wenn auch weniger leidenschaftliche- Ohrfeige angebracht gewesen. Weniger leidenschaftlich allein aus dem Grund, dass der Mensch, der mir den Führerschein ausstellte, nicht für die Regeln und das Aussehen desselbigen verantwortlich ist.

Warum habe ich einen wunderschönen deutschen Führerschein im Kartenformat, wenn ich jetzt einen grauen ausgedruckten Papplappen erhalte, auf dem noch nicht einmal in irgendeiner fremden Sprache die Worte „Internationaler Führerschein" stehen? Ich sehe schon die harten amerikanischen Cops mit Motorradhelm und verspiegelter Sonnenbrille sich vor Lachen biegen, wenn ich ihnen mein graues, ausgedrucktes Ding als Führerschein unter die Nase halte. Die denken doch, der ist ökologisch korrekt in der Walldorfschule geklöppelt worden.

Warum darf mein Göttergatte, der aus sentimentalen Gründen an seinem deutschen alten Papplappen hängt, diesen nicht als Grundlage für einen internationalen Papplappen nehmen, sondern müsste sich vorher einen deutschen Führerschein im Kartenformat besorgen?

Jemand gehört geohrfeigt.

Kindersport

Mein Sohn spielt Tennis. Training hat er samstags morgens, eine schöne Zeit. Die Mannschaftsspiele finden an 5 Terminen mittwochnachmittags um 15h statt. Welcher normal arbeitende Mensch –außer einem Arzt, der Mittwochnachmittag die Praxis geschlossen hat- kann sein Kind („U8") fünf Mal zu irgendwelchen Tennisspielen begleiten? Kann man, wenn man 5-mal einen halben Tag frei nimmt. Oder nicht oder nur halbtags berufstätig ist, was bei vielen Tennismüttern in vielen Vereinen offensichtlich der Fall ist. Bei uns ist das anders und ich werde mit großen Augen angeschaut, wenn ich sage, dass ich nicht jeden Mittwoch die Mannschaft betreuen kann. Oder nach dem Spiel noch zu einer Flasche Sekt im Tennisclub sein kann, weil ich um 19h mein Teammeeting habe.

Es ist, als würde ich erzählen, dass ich auf den Mond fliegen muss, um Mondkälber zu melken.

Völliges Unverständnis bei der Jugendwartin.

Ich bin ehrlich froh und dankbar, dass es Menschen gibt, die ihre Zeit damit verbringen, ehrenamtlich in Vereinen zu arbeiten und sich mit Herzblut dafür einsetzen. Aber ehrlich, ich kann und mag das nicht. Mir geht einfach auch der Ehrgeiz ab, meine Kinder auf Höchstleistung zu trimmen. Ich freue mich, dass beide Kinder einen Sport gefunden haben, der ihnen Spaß macht. Aber so soll es auch bleiben. Ich habe keine Lust, zu Trainings, Turnieren oder Sichtungen zu fahren, meine

Kinder in den Ring zu werfen und spätestens in der Pubertät festzustellen, dass sie es zwar zum Kreismeister oder unter die Top 100 in Deutschland geschafft haben, wir aber als Familie seit Jahren nicht mehr außerhalb dieser sportlichen Veranstaltungen unternommen haben und die schulischen Leistungen auch zu wünschen übriglassen.

Außerdem bleibt mir so die Illusion erhalten, dass meine Tochter wahrscheinlich das Talent zur nächsten Ann-Sophie Mutter, und mein Sohn zum nächsten Bernhard Langer in sich schlummern haben. Aufgrund der fehlenden Geigen- und Golf-Affinität ihrer Eltern wird es die Welt nie erfahren.

Komplimente

Ich hatte ja nun schon das Vergnügen, zwei Schwiegermütter kennenglernt zu haben. Mit beiden verstehe ich mich bis heute gut, was durch eine gewisse räumliche Entfernung begünstigt wird. So ist es ein Vergnügen, mit der einen telefonisch und der anderen elektronisch im Kontakt zu stehen.

Wobei sich ein gewisses Selbstbewusstsein als sehr hilfreich gezeigt hat. Meine erste Schwiegermutter schrieb mir kürzlich, dass ich eine der schönsten Frauen der Welt für sie sei. Bevor ich allzu übermütig oder sentimental werden konnte, las ich weiter: Zusammen mit Barbra Streisand.

Dieser unbestrittene Weltstar konnte ohne Zweifel viele Menschen durch ihr schauspielerisches und gesangliches Talent emotional berühren. Gleichzeitig hat wohl noch nie jemand bestritten, dass sie eine unglaublich ausgeprägte Nase und einen Silberblick besitzt.

Na gut, also ich bin so schön wie sie.

Nur Wochen später besuchten wir meine zweite Schwiegermutter, die in den höchsten Tönen von der Schönheit der erwachsenen Kinder ihrer Nachbarin schwärmte. Ein Mann und eine Frau wie aus einem Bilderbuch, so schön. Zufällig hatte sie ein Bild, auf dem beide zu sehen waren.

Mein Göttergatte und ich schauten erst das Bild und dann uns an. Bei dem Ausdruck „wie aus dem Bilderbuch" hatte uns meine Schwiegermutter nämlich verschwiegen, dass es sich um eine Schwerverbrecherakte handeln musste. Der Mann, der offensichtlich im täglichen Leben Kleiderschränke doubelte, sah aus wie die Idealbesetzung eines Fähnchengebrauchtwagenhändlers/muskelbebergten Türstehers, und die wunderschöne Frau konnte ich kaum entdecken, da ihr Gesicht fast vollständig hinter einem Damenbart verschwand.

Meine Schwiegermutter tätschelte mir tröstend den Arm: „Aber du bist ja auch eine gaaaanz Niedliche, und der Mantel, den du heute trägst, ist ein gaaaanz hübscher."

Wie heißt es? Schönheit liegt im Auge des Betrachters.

Und bei manchen Komplimenten muss man sehr stark sein.

Krankengymnastik

Neulich bei der Krankengymnastik war meine reguläre Therapeutin nicht da. Obwohl diese Anfang 20 ist, tätowiert und hip, verstand ich mich gleich blendend mit ihr, was sicher auch daran lag, dass sie mich gleich fragte, ob sich mich duzen könne. Eine Coole will mich duzen? Immer gerne.

Nun also stand mir eine ebenfalls sehr junge Physiotherapeutin gegenüber, die mich sanft bei der Schulter fasste, um mich in den richtigen Raum zu geleiten. Ich habe mich schon in jeglichen Städten dieser Erde zurechtgefunden und kam immer heil genau dort an, wo ich hinwollte. Ich muss nicht um die Ecke in einen Raum bugsiert werden.

Die Neue stellte sich etwa einen Zentimeter vor mein Gesicht und sagte laut „Was haben wir denn?" Ich wollte gerade antworten, dass „wir" zumindest nicht schwerhörig sind und dass sie aus meiner persönlichen Zone gehen solle, wenn sie ihr Gesicht behalten möchte, da drehte sie sich schon um, und fing an, mein Krankenblatt zu studieren. „So, sie haben also Rückenschmerzen, nun, dann werde ich ihnen einmal einige Übungen zeigen." „Ich habe schon seit Jahrzehnten Rückenschmerzen, war schon in einer Reha und bei Krankengymnastik und kenne schon viele Übungen", antwortete ich. „Aber ich kenne böse Übungen", sagte sie in einem Tonfall wie man mit 2-jährigen spricht.

Bitte, also Übungen. Wieder stellte sie sich direkt vor mich und sagte: „Ich erkläre ihnen jetzt, was ich möchte, und sie finden alleine Mittel und Wege, diese Bewegungen auszuführen." Sie wollte, dass ich mich hinlege und nach meinem Fuß greife. Ich legte ich also hin und griff nach meinem Fuß. „Ja", sagte sie, „so kann man das tun. Finden sie noch alternative Wege, um zu ihrem Ziel zu gelangen." Ich fasste also auf eine andere Art nach meinem Fuß. Dies schien ihr nicht zu gefallen. „Nun" sagte sie etwas eingeschnappt, „Wenn sie nicht mitmachen möchten, zeige ich ihnen jetzt eine böse Übung. Ich musste mich also auf den Rücken legen, die Arme neben meinen Körper legen, die Beine senkrecht in die Luft strecken und dann ohne Schwung oder Abstützen meinen Hintern von der Liege liften. Probieren sie es aus – das ist schwer!! „Hmm" schnaubte sie verächtlich, als ich meinen Po etwas in die Luft reckte. „Fein, dann machen sie das noch fünf Mal." Mein Ehrgeiz war geweckt – ich lasse mich doch nicht von einer 20-jährigen Tussi vorführen! Unter Anstrengung beendete ich die Übung. „Dann ziehen sie doch mal ihr T-Shirt aus und wir schauen nach Bauchmuskelübungen." Ich zog also mein T-Shirt aus und sie zog deutlich hörbar die Luft ein. „Na!", sagte sie, „Da müssen sie aber wirklich mal ran! „Sie müssen jeden Tag mindestens 15 bis 20 Minuten konsequent Übungen machen, um das in den Griff zu kriegen. Mit solch schwachen Bauchmuskeln kann ja ihr Rücken keine Unterstützung finden!"

Ich war sprachlos, aber kurz davor, sie zu ohrfeigen. Ich möchte mal eines klarstellen: unter meinem Damenbäuchlein habe ich Bauchmuskeln hart wie Stahl. Aber als Ü-40, Mutter von 2 Kindern, einem Mann, einem Fulltime-Job, Haus, Garten, und Pflegepferd habe ich schlicht und ergreifend das Recht auf meinen Bauch. Das lasse ich mir auch von einer 20-jährigen Physiotherapeutin nicht ausreden.

Ich machte also die restlichen Bauchmuskelübungen und konzentrierte mich darauf, unter keinen Umständen schwer zu atmen, einen hochroten Kopf zu bekommen, oder in einer anderen Art und Weise Anstrengung zu zeigen.

„Naja, dafür klappt das ja ganz gut", war daraufhin die fast enttäuschte Aussage meiner neuen Freundin.

Sie stellte sich wieder direkt vor mich und gab mir noch einen schlauen Rat: „Unternehmen sie doch jeden Tag einen Spaziergang mit ihrem Mann, das tut ihnen beiden sicher gut, jedes kleine bisschen hilft und sie werden bald wieder glücklich durch ihr gemeinsames Leben gehen."

Ich trat einen Schritt zurück und sagte nur „Bestimmt." Ganz ehrlich, bei manchen Menschen ist Hopfen und Malz verloren, da lohnt sich einfach keine Aufklärung. Ich dachte mir nur, dass es meinem Rücken sicher schneller wieder besser geht als ihrem kleinen Gehirn.

Beim Hinausgehen stellte ich an der Rezeption nur eines klar: „Teilen sie mich nie wieder einer Ersatztrainerin zu!"

Krankheiten

Man lernt nie aus. Vor einiger Zeit habe ich erfahren, dass ich an der Stewardessen Krankheit leide. Nein, das hat nichts mit dem Gefühl der Zeitverschiebung, dicken Beinen, oder dem Bedürfnis, nörgelnden Menschen in den Hintern zu treten, zu tun.

Es ist ein juckender, roter Ausschlag um Mund und Nase. Nicht attraktiv, und eher förderlich, einen Fächer vor das Gesicht zu halten, als ungeschminkt aus dem Haus zu gehen.

Ich hatte diesen Ausschlag schon seit mehreren Wochen, wenn ich ehrlich war, schon seit Monaten, bevor ich damit zum Dermatologen ging. Denn wer hat schon Zeit, sich in die Praxis eines Hautarztes zu setzen?

Zumal man sofort, wenn man von dort nach Hause kommt, das irrationale Verlangen nach einer antiseptischen Dusche bekommt. Man kann ja nie wissen, wer dort schon alles die Türklinke angefasst hat, und ob Pest und Lepra hier tatsächlich ausgerottet sind.

Jedenfalls gehe ich grundsätzlich erst zu Arzt, wenn es wirklich notwendig ist, und wenn meine diversen Hausmittelchen – alles zwischen Alkohol (in diesem Fall falsch!) Zinksalbe (nicht hilfreich!), oder übriger Kortison Salbe (hier völlig kontraproduktiv!) - nicht anschlagen, oder ich mich in anderen Fällen krumm und schief vor Rückenschmerzen nur noch in die Nähe einer schmerzstillenden Spritze begeben will.

Dies scheint jedoch eine Altersfrage zu sein. Meine Eltern, die bis zum 70. Lebensjahr ihre Ärzte meist nur auf dem jährlichen Neujahrsempfang der örtlichen Halbprominenz gesehen hatten, und diese ansonsten mieden wie der Teufel das Weihwasser, sind schlagartig zu Arztgängern mutiert. Obwohl sie sich – Gottlob! - noch immer sehr guter Gesundheit erfreuen.

Interessanterweise habe ich den Eindruck, dass sich die Anzahl der Arztbesuche disproportional zu den Außentemperaturen, sprich: Golfmöglichkeiten- verhält.

Je kälter desto Arzt.

Jedenfalls, so unangenehm dieser Ausschlag war, er brachte mich zum Nachdenken.

Es gibt so schöne Krankheitsbezeichnungen, die den Betroffenen gleichzeitig trösten und ihn in gewisser Weise ehren, was sicher Endorphine freisetzt und der Heilung förderlich ist. Was ist schon eine Sehnenscheidenentzündung gegen einen jungdynamischen Tennisarm?

Eine Mundrose gegen eine Stewardessenkrankheit, „eine Krankheit, deren umgangssprachlicher Name daher rührt, dass oft sehr auf ihr Äußeres bedachte Frauen zwischen 20 und 50 betroffen sind" (Wikipedia).

Vielleicht sollten wir uns für alle unsere Krankheiten schmeichelhafte Bezeichnungen einfallen lassen.

„Jockeypopo" statt Furunkel, Rennfahreraugen, statt Bindehautentzündung. Man weiß ja, wie es mit Placebos manchmal läuft, vielleicht wäre die richtige Krankheitsbezeichnung schon der erste Schritt zur Besserung.

In der Zwischenzeit ließ ich mich von meiner Tochter „trösten". „Mama, lieber hübsch mit Krätze als hässlich ohne. Krätze geht weg, hässlich bleibt man immer."

Na denn.

Kindchen

Egal, wie alt man ist, man bleibt immer Kind.

So richtig fiel es mir bei einem Besuch bei meinen Eltern auf.

Ich war nach einem kiloreichen Urlaub auf einer fdH, bzw. einer ffN (friss fast Nix) Diät. Das Einzige, was nach Wochen Völlerei hilft.

Meine Mutter bereitete natürlich sofort nach unserer Ankunft diverse Köstlichkeiten wie Kartoffel- und Nudelsalat, gefüllte Eier, Lachstartar und Rindfleischsalat zu.

Wir hatten uns eigentlich nicht zum Essen verabredet, ich war nicht hungrig, und wollte einfach wirklich nichts essen.

Nicht einmal anstandshalber.

Die ersten drei „Kind, iss' was!" konnte ich noch höflich mit „Nein danke." beantworten.

Beim vierten Mal, gefolgt von „Aber warum isst du nichts?" wurde mein Tonfall etwas fester. „Weil ich wie schon vor 5 Minuten keinen Hunger habe."

Nach 20 Sekunden die Frage: „Möchtest du etwas anderes haben?" „Nein d-a-n-k-e!"

Gefühlte 10 Sekunden danach kam die Frage nach meiner Gesundheit.

„Nein, ich habe kein Magengeschwür, nur keinen Hunger!" „Aha."

„Etwas Süßes vielleicht, stattdessen?"

Ich wette, jeder Richter würde ob dieser Konversation Milde walten lassen, und der Argumentation „Mord in Notwehr" folgen.

„Mama, ich WILL JETZT NICHTS ESSEN!"

Meine eigene Familie, diese Verräter, kaute leise und genoss das Essen.

Langsam kam auch wieder eine normale Konversation in Gange. An der ich mich ganz normal beteiligte, ich war ja nicht sauer, zickig, oder beleidigt, nur nicht hungrig.

„So", sagte meine Mutter, als alle ihre Teller leer hatten, „Was möchtet ihr jetzt als Nachtisch?" und zu mir gewandt „Eis, Pralinen, ein Stück Kuchen?"

Mir kommt der rettende Gedanke.

„Einen Espresso würde ich gerne trinken."

Meine Mutter springt auf, tätschelt mir den Kopf und sagt „Geht doch."

Ich bin immer noch vier.

Lebendgewicht

Der Gewichtsirrsinn von Frauen ist ein Thema, bei dem ich - Entschuldigung vielmals - kotzen könnte. Sorry, das muss so deutlich raus. In welchem Überfluss leben wir eigentlich, dass 3, 5, oder 10 Kilo Gewicht mehr oder weniger eine signifikante Auswirkung auf unser Lebensglück haben? Da ist die Fitnessfanatikerin, die mich anschaut, als wollte sie mich einweisen lassen, wenn ich sage "Mir geht es gut, ich fühle mich wohl." Wie kann ich es wagen, die Realität meines schwabbeligen Selbst so zu ignorieren? Dass bei ihr der Ausspruch "Hinten Lyzeum, vorne Museum" zutrifft, käme ihr nie in den Sinn, denn sie ist felsenfest davon überzeugt, wenn man nur dünn und blond genug ist, fällt das sonnengegerbte Faltengesicht keinem auf.

Eine andere Bekannte sah ich nach etwa 3 Monaten wieder. Ich erschrak, da sie aussah, wie ein altes Hutzelweibchen, als wäre sie schwer krank. Ich tippte auf Magengeschwür. Ich fragte eine Nachbarin, die mir erklärte, dass sie einen neuen Freund hätte, der auf magere Frauen steht. Na gut, Ziel erreicht, mir selbst ist nur rätselhaft, wie sie die nächsten Jahre mit einer ausschließlichen Salatblatternährung verbringen wird. Aber auch der Friseurin meiner Schwester erging es mit ihrer Männerwahl schlecht, als der Mann, mit dem sie über Wochen regen Mailverkehr gehabt hatte, mit dem sie sich auch nach mehreren Treffen immer besser zu verstehen schien, ihr eröffnete, sie sei seine Traumfrau, aber leider 10 Kilo zu schwer, und er sich daher keine Beziehung mit ihr vorstellen könne, außer, sie würde eben abnehmen. Sie tat - in meinen Augen - das einzig Richtige, stand auf, und sagte "Hast du eigentlich schon mal in den Spiegel geschaut, Adonis?" und verschwand.

Was ist der Punkt?

Es gibt keinen Punkt. Wenn jemand für sein Gewicht Opfer bringen will, um sich zu gefallen, schön. Wenn jemand für sein Gewicht Opfer bringen will, um anderen zu gefallen, auch schön, solange es glücklich macht. Aber bitte, wenn jemand keine Opfer für sein Gewicht bringen will, und sich trotzdem gefällt, sollte das doch auch schön sein.

Zumal ich mir kürzlich ein für alle Mal überlegt habe, was in meinem Leben anders wäre, wenn ich dünner wäre. Der Trainer meines Sohnes, der kürzlich mit einem Blick an meinen runzeligen Knien hängenblieb, würde plötzlich denken "Boah, nicht schlecht für eine Alte." Er würde mich anmachen, wir hätten eine wilde Affäre, mein Mann käme dahinter, er würde sich scheiden lassen, das Sorgerecht für die Kinder bekommen, ich würde zur Alkoholikerin werden, der Trainer mich eintauschen, und ich würde in die Gosse ziehen.

Schnell, Schokolade, ich muss Unglück abwehren.

Magnetismus

Ich habe etwas Magnetisches an mir, was auf die Dinge und Menschen in meiner Umgebung abfärbt.

Ich gehe in der Küche, um eine Scheibe Brot abzuschneiden. Seit Stunden habe ich niemanden im Haus gehört. Wie ein Geist erscheint plötzlich mein Göttergatte neben mir und schickt sich an, mir das Messer aus der Hand zu nehmen, weil er es jetzt unbedingt braucht. Nein, nicht vor zwei Minuten oder in einer Minute, sondern jetzt.

Magnetisch angezogen wandert <u>mein</u> Messer in seine Hand. Nach einigen Minuten setze ich mich aufs Sofa, um mein Brot zu essen, und sitze fast meinen Sohn platt. Ich könnte schwören, dass er bis vor einer Sekunde dort noch nicht saß. Er nimmt meine Hand, in der sich mein Brot befindet, und führt sie an seinen Mund, um abzubeißen. Magnetismus in Aktion.

Knurrend greife ich nach meinem Glas, das sich in der Hand meiner Tochter befindet. Wo kam sie denn plötzlich her??

Ich lasse einen kleinen Brüller los. Alle sind völlig irritiert und nennen mich futterneidisch, weil ich mich so komisch anstelle, und nicht teilen will. Dabei fühlen sie sich doch einfach nur magnetisch von mir und meinem Essen und Trinken angezogen.

Anderen Menschen geht es genauso, wenn sie mir auf dem Gehweg entgegenkommen. Wie oft muss ich zur Seite springen, nur um körperlichen Kontakt zu vermeiden?!

An der Kasse ziehe ich grundsätzlich die neue Kassiererin an, die erst eine neue Rolle in die Kasse einfädeln und ihre Geldkassette ordnen muss, bevor ich an der Reihe bin.

Und auf Parkplätzen parken Menschen bevorzugt direkt neben meinem Auto, auch wenn ein völlig leeres Parkdeck zwischen mir und den nächsten Autos liegt.

Am stärksten wirkt meine quasi animalische Anziehungskraft jedoch, wenn ich es wage, in Ruhe telefonieren zu wollen. Da ich im Gegensatz zu meinen Kindern kein eigenes Zimmer als Rückzugsort besitze, bleibt mir entweder die Flucht ins Bad oder ins Schlafzimmer.

Nicht, dass irgendjemand das Wort „Privatsphäre" mit mir in Zusammenhang bringen würde. Sobald ich eine Nummer gewählt habe, schaut mein Göttergatte besorgt nach mir, um zu sehen, ob ich etwas brauche, meine Tochter, die oberste Hüterin ihrer eigenen Privatsphäre, setzt sich ganz selbstverständlich neben mich, um zumindest meiner Seite des Gesprächs zu lauschen, und mein Sohn will genau dann wahlweise entweder kuscheln, oder mir ein etwas ganz Wichtiges zeigen/vorlesen/im Internet zeigen.

Ich liebe deshalb alles, was mir Raum verschafft, und meine magische Anziehungskraft unterbricht. Einkaufswagen, riesige Handtaschen, die wie ein Schild getragen werden können, oder Einkaufstüten. Leider weigern sich meine Kinder inzwischen, in einem Kinderwagen umhergeschoben zu werden, was ja ab 1,40 Metern auch anfängt, komisch auszusehen.

Für zu Hause habe ich mir vorsichtshalber schon mal ein paar Kilo mehr zugelegt, so als Abschirmung.

Meine Haare

Mit dem Thema „Meine Haare und ich" könnte man ganze Bücherreihen füllen. Oder kennen Sie eine Frau, die mit ihren Haaren rundherum zufrieden ist? Selbst diejenigen, die – objektiv betrachtet- wunderschöne Haare haben, finden sie zu dick, zu wellig, zu glänzend.

Bei mir gibt es in jedem Jahr 2-3 etwa 3-tägige Zeitfenster, in denen ich schöne Haare habe. Nie direkt nach dem Friseur, nie direkt davor. Und dazwischen eben an besagten drei Tagen. Das liegt meines Erachtens weniger an den verschiedenen Friseuren, die ich schon ausprobiert habe, den Styling Produkten, oder dem Mondstand, als vielmehr einzig und allein daran, dass meine Vorfahren gepennt haben, als der liebe Gott schöne Haare verteilt hat.

Als alle dicken, voluminösen, gewellten blonden Haare weg waren, wachte mein Vorfahrenschnarchzapfen auf, rieb sich die Augen und krächzte: „Halt, ich brauch auch noch welche!" Und übrig war das, was dann auch schon meine Oma und Mutter schmückte: Das Futzelhaar. Ja, das ist ein Wort, sparen Sie sich die Mühe, es nachzuschlagen. Es beschreibt perfekt die ach so un-perfekte Mischung aus fusselig, flusig, un-voluminös und flatterig. Futzelig halt.

Fassungslos stehe ich im Drogeriemarkt vor langen Metern mit Styling Produkten, die „anti-frizz" oder „glatt und glänzend" heißen. Dabei kenne ich genau zwei Menschen, die solche Locken haben, dass sie anti-frizz benötigen könnten, und eine Frau, die sich die Haare glättet. Für die Frauen meiner Familie war also jeher das Thema Volumen gefragt, was natürlich in diversesten Dauerwellenunfällen endete. Heutzutage gehören für meine Mutter und mich Stil Kamm, Volumenmousse und Haarspray in Betonstärke zu den Grundausstattungsutensilien des Lebens.

Umso erstaunlicher war ein kürzlicher Besuch bei der Dame, die mir schon seit 2 Jahren die Haare schneidet. Wie immer hatte ich ein Bild meiner erhofften Frisur mitgebracht, wie immer in dem Bewusstsein, dass ich hinterher maximal eine halbe Stunde so oder ähnlich aussehen würde.

Dieses Mal war es – trotz gleichbleibender Futzelhaare- anders.

Noch am nächsten Tag schaute mir im Spiegel Frau Beckham entgegen. Kurze, gestufte Haare, langer, schräger, fast über die Augen hängender Pony. Naja, sagen wir, es war eine Frau Beckham-artige Frisur. Die eingefallenen Wangen, die Knollennase und den „ich bin blöd und schlecht gelaunt" Blick kann sie schließlich behalten.

Aber die Frisur? Granate. Leider schätze ich, dass sie nach drei Tagen wieder weg ist, ich wäre irritiert, wenn sich mein „schöne Haare" Zeitfenster plötzlich ausdehnen würden.

Mitbringsel

Vor einiger Zeit kam der Lieblingsneffe meines Göttergatten
zu Besuch. Wegen des großen Altersunterschieds zwischen den
beiden Geschwistern ist besagter Neffe inzwischen auch ein
über vierzigjähriger verheirateter Familienvater. Ein
rundherum guter, fürsorglicher, zuverlässiger, netter Mann. Er
machte nur einen Fehler – er brachte uns Wein als nettes
Mitbringsel.

Aus Hannover. Genau. Der Stadt, die nicht gerade für
sagenhafte Weinlagen bekannt ist.

Das Unglück nahm seinen Lauf, als ich nach ein paar
Stunden den mitgebrachten und inzwischen gekühlten Wein
servieren wollte – als Begrüßungsdrink für meinen
Göttergatten, der gerade nach Hause gekommen war. Wie
saßen im Wintergarten, und nahmen den ersten Schluck, als
mich mein Herzallerliebster entsetzt- fragend anschaute und
sagte „MAUS!" (Ja, ich weiß selbst, dass ich wenig mausig bin,
und trotzdem nennt er mich nun einmal so.)
„MAUS!" Schmatz ... schmatz... schmatz... „Was ist DAS
denn?"
Der Kopf seines Neffen schnellte hoch. Ich riss meine Augen
bis zum Anschlag auf und sagte langsam gedehnt „Wieso?"
„Na also..." Schmatz .. schmatz... schmatz „Was ist DAS
denn für ein Wein? ... Was denn, wieso schaust du mich so
komisch an?"

„Ich schaue nicht, der Wein ist doch gut." Meine Augendeckel klappen fast in meinen Hinterkopf. „Vielleicht nicht kühl genug".

„Nein, der schmeckt ja..." Göttergatte verzeiht sein Gesicht. „Und was schaust du denn so doof?" langsam wird er ärgerlich. „Ich schaue nicht", hauche ich mit letzter Kraft. „Doch, schau Olli, wie sie schaut – ich bin doch nicht verrückt!"

Ich nehme das letzte Quäntchen Leben zusammen und flüstere „Den Wein hat Olli mitgebracht und ich habe ihn einfach nicht lange genug kalt gestellt." Olli pflichtet mir bei, „Ja, der müsste einfach kälter sein."

Merke: Wenn Mäuse mit den Augen rollen, einfach mal die Klappe halten.

Ach ja: und keine Flasche „Don Vino" aus Hannover zu Weintrinkern bringen. Auch nicht eisgekühlt.

Möbel

Mit der kleinen Feststellung "Unser Sohn braucht ein
größeres Bett" fing es an. Ich bin mir sicher, dass alles auch gut
enden wird - im Moment leben wir aber in einer optischen
Kriegszone. Die Hosen meines Sohnes stapeln sich auf dem
Fußboden des Gästebades, die saubere Unterwäsche meiner
Tochter sammelt sich in Wäschekörben, meine gefalteten
Hosen befinden sich in der Badewanne. Den T-Shirts meines
Sohnes geht es etwas besser, da sie sich auf Bügeln in der
Waschküche befinden, bewacht von einem Kleiderständer, an
dem meine Handtaschen hängen. In der Loggia befinden sich
ein altes Sofa, eine alte 2x2 Meter Matratze sowie das
auseinander gebaute Bett meiner Tochter. Über Schuhe möchte
ich nicht sprechen, die sind wie Staubkörner - überall. Warum
wir leben wie die Flodders? Weil das neue Bett meiner Tochter
nicht geliefert wird und der Sperrmülltermin noch einen Tag
entfernt ist.

Aber der Reihe nach.

Nachdem der Beschluss für ein neues Bett für unseren Sohn
gefallen war, stand bald fest, dass er in das Zimmer unserer
Tochter umziehen durfte, die wiederum in die kleine
Einliegerwohnung im Souterrain ziehen durfte. In meinem
jugendlichen Leichtsinn dachte ich, das sei eine Frage von zwei
Wochenendtagen, dies zu bewerkstelligen. Nun, wie so oft
führte eines zum anderen und am Ende mussten 3 Zimmer
gedämmt und renoviert werden, sowie mehrere

Kleiderschränke, (ja - einer davon für mich und meine zu entstehende "Kleideroase") Regale, und ein Bett gekauft werden. Eigentlich gehe ich gerne in Möbelhäuser. Eigentlich kaufe ich dort aber nie etwas, was dazu führt, gerne in Möbelhäuser zu gehen. In diesem Fall war es anders. Wir wollten ja etwas kaufen. Es war eigentlich ganz einfach. Wir hatten in einem Prospekt zwei Kleiderschränke, ein Bett und mehrere Regale gesehen. Genau die sollten es sein.

Der Plan war, in der Mittagspause hinfahren, bestellen, heimgehen.

Die Realität war in der Mittagspause hinfahren.

Dann die gesamte Etage getrennt wie Treiber bei einer Jagd nach jemandem zu durchkämmen, der unsere Bestellung aufnehmen würde. Nach einem längeren Gewaltmarsch hatten wir einen Menschen mit einem Namensschild gefunden. Wir trugen also unser Anliegen vor und er machte sich - mit uns allen im Schlepptau - auf die Suche nach den im Prospekt angekreuzten Möbelstücken. Nach einer Weile wurden wir fündig. Das Bett für meine Tochter. Direkt daneben stand ein ähnliches Modell, das meinem Göttergatten und mir besser gefiel, weil wir das Betthaupt schöner fanden. Wir diskutierten also mit unserer Tochter darüber, welches Bett es sein sollte.

Der junge Mann versuchte, uns bei der Entscheidungsfindung zu helfen. Das Cleverste, was ihn dazu einfiel war die kryptische Frage "Wie lange will sie das Bett benutzen?" Hä? Was hat das damit zu tun, ob man ein Bett mit hohem oder niedrigem Kopfteil kauft? Und welches "Wie lange" meine er? Stunden pro Nacht? Voraussichtliche Lebenserwartung einer heute 13-jährigen? Nach der peinlichen Stille auf diese für uns alle völlig unsinnige Frage sagte meine Tochter "Ich will das vordere Bett." Und damit war die Entscheidung dann ja auch gefallen. So ging es weiter von Schrank zu Schrank - wobei hier der Lerneffekt darin bestand, dass eigentlich alles an einem Schrank Aufpreis-pflichtiges Zubehör ist. Ein Rahmen um den Schrank? Ein Kranz obendrauf? Ein Stopper, der verhindert, dass die Tür zuknallt? Irgendetwas an Innenleben? Kostet alles extra. Ich hoffe, die Autobranche nimmt sich die Möbelbranche nie als Vorbild, wir müssten sonst für Sitze, Lenkrad und Außenspiegel auch zusätzliche Kosten tragen.

Jedenfalls war dann doch nach mehreren Stunden die Bestellung im Computer. Die Lieferzeit betrug angeblich 6 Wochen und auch nur, weil wir die Möbel geliefert bekommen wollten, anstatt und einen Laster beim Möbelhaus zu mieten und selbst zu fahren.

Nach 5 Wochen war ich schlauer. Ich rief nämlich im Möbelhaus an und fragte, ob es schon einen Liefertermin gebe. Die Antwort war: "Nein, denn die Regale sind in Mannheim, und für das Bett und die Schränke haben wir noch keinen Liefertermin." Aha, wieder etwas gelernt. Anscheinend ist ein Prospekt, in dem - seien wir mal ehrlich - keine mundgeklöppelte hochwertigste Ware aus Hirschhornkäferplatten, sondern 08/15 Standardware angeboten wird, ein reines Sammelbestellungsformular. Das Möbelhaus druckt den Prospekt, wartet, bis die armen Irren ihre Ware bestellen, und schickt dann seinerseits eine Bestellung an den Hersteller oder Importeur, der dann irgendwann loslegt, das Zeug zusammenzubasteln.

Und so kommt morgen der Sperrmüll, nimmt unsere alten Möbel mit, und wir sitzen hier inmitten des Chaos. Bitte besuchen Sie uns auf Weiteres nicht.

The Saga continues...

Nach insgesamt 8 Wochen kamen die bestellten Möbel. Drei Schränke, ein Bett. Ein befreundeter junger Mann war bereit, uns beim Aufbau zu helfen. Es standen also drei handwerklich einigermaßen befähigte Menschen um eine Ansammlung kleinster Pakete herum und versuchten, eine vernünftige Vorgehensweise zu entscheiden.

Nach drei Stunden hatten wir einen kleinen Schrank aufgebaut und standen bei dem großen Schrank kurz vor dem Durchbruch.

Aus unerfindlichen Gründen konnten wir die Türen nicht zusammenbauen. Wir versuchten alles. Nach Anleitung, ohne Anleitung, richtig herum, auf dem Kopf. Fabian sprach das Unvermeidliche dann aus: „Die Türen passen nicht. Die sind falsch."

Schimpfwörter, von deren Existenz ich nicht einmal geahnt hätte, stürzten aus dem Mund meines Göttergatten. Also aufhören, einpacken.

Möbelhaus anrufen. Man entschuldigte sich, sagte, man würde die richtigen Türen bestellen, und sich wieder melden. Es würde aber dauern.

Was es dann auch tat. Wieder 8 Wochen. Nachdem wir zwischendurch immer einmal wieder telefoniert hatten, war das Möbelhaus bereit, die Montage der Türen dann kostenlos durchzuführen und auch den anderen Schank aufzubauen.

Eines Tages, die Nächte waren schon länger und merklich kühler geworden, fuhr der Laster des Möbelhauses auf den Hof.

Drei Männer stiegen aus und brachten Pakete mit. Die Türen.

Sie wollten erst den anderen Schank komplett aufbauen, bevor sie sich an die Türen des zu diesem Zeitpunkt wunderschön bestückten Schranks, der mit Kleidern nach Farben, Art und Länge sortiert (da offen) gefüllt war, machten.

Es lief wie am Schnürchen.

Sie bauten die Türen des letzten Schranks zusammen und – stellten fest, dass sie nicht passten.

Ich schwöre.

Man kann so etwas nicht erfinden!

„Wissen sie was, ich rufe an, dann sollen sie den Preis reduzieren und sich die Türen schenken", sagte ich, denn offen gestanden, fand ich meinen türlosen Kleiderschrank total schick. Wie in einer Boutique hingen meine Kleider zur Schau und ich erfreute mich daran, wann immer ich meine Kleideroase betrat.

Die Herren trollten sich.

Zehn Minuten später klingelte es, und sie standen wieder vor der Tür.

„Wir haben die Türen gefunden, sie waren falsch etikettiert und wir hatten sie doch schon auf dem Laster!" verkündeten sie freudestrahlend.

Nun besitzen wir also Schränke mit Türen und ein Bett, was meine Tochter hoffentlich lange benutzen kann. Und die nächsten Möbel sind vom Schreiner.

Morbide

Meine Familie hält mich für leicht wunderlich. Ganz generell, aber auch insbesondere, weil ich mir samstags die lokale Zeitung hauptsächlich kaufe, um die Todesanzeigen zu lesen.

Eigentlich kenne ich als Zugezogene glücklicherweise fast niemanden, der dort aufgeführt ist, und es ist auch nicht der Grund, warum ich diese Todesanzeigen lese.

Es ist eher eine wöchentliche Erinnerung an meine eigene Sterblichkeit, denn in der Regel finde ich jemanden, dessen Geburtsjahr meinem nahe kommt.

Und so lese ich Namen von Männern und Frauen und deren Angehörigen und bin wahrhaftig traurig, dass diese Familien einen geliebten Menschen verloren haben.

Es gibt aber auch Todesanzeigen, die tief in menschliche Familienabgründe blicken lassen.

Da sind zwei Anzeigen für denselben Mann, einmal unter dem Namen der Ehefrau, und einmal unter den Namen der Geschwister. Offensichtlich war das Verhältnis nicht das Beste.

Oder eine Anzeige einer Ehefrau und darunter eine andere, gezeichnet mit „Deine Geliebte Mausi".

Interessant sind auch die Zitate, die oft tief blicken lassen. Oder wie würden Sie „Wir haben Dich trotzdem geliebt" interpretieren? Was heißt „trotzdem"? Obwohl er ein Arsch/seine Kinder schlug/geizig war/sich in Frauenkleidern wohler fühlte?

Es regt schon ein bisschen die Fantasie an.

Mit dem gleichen morbiden Ansatz war ich jahrelang Abnehmer der Sendung „ER- Emergency Room".

Ich fühlte eine ganze Episode mit Unfallopfern, Ärzten und Familien mit, gerne auch unter Tränen und Herzrasen.

Am Ende der Folgen war ich – wie nach der Samstagslektüre- aber einfach nur glücklich, dass meine Familie gesund, munter und glücklich ist. Und dass mich meine Familie „trotzdem" auch liebt.

Motto Party

Meine Tochter war zu einer Motto Party eingeladen: 80er Jahre. Aus ihrem Mund klang es wie „Mittelalterparty" und sie musste sämtliche Suchmaschinen im Internet behelligen, um sich ein Bild von dieser grauen Vorzeit zu machen.

Entschuldigung, das war der Höhepunkt meiner Jugend, die ja für mich jetzt nicht sooo lange vorbei ist.

Weshalb ich Fragen wie „DAS habt ihr damals wirklich getragen?" nur etwas grollend und defensiv beantworten kann.

Wir suchten also in meinem Kleiderschrank nach Partytauglichen echten „vintage" Outfits aus der Zeit und wurden in schließlich in einem Karton auf dem Dachboden fündig. Leggings in den wildesten Farben, Blusen, die bei zu langer Betrachtung Augenkrebs auslösen und Blazer, auf deren Schulterpolstern man Tabletts transportieren könnte. All dies wurde kritisch beäugt, unter „hmhm" Geräuschen kurz übergestreift und sofort wieder ausgezogen. „Was ist denn, das ist perfekt für die Motto Party?" war meine berechtigte Frage.

Nach längerer Suche nach einer nicht allzu verletzenden Antwort meinte meine Tochter, dass das alles so schrecklich sei, dass sie es auf keinen Fall anziehen könnte. Es sei zwar eine Motto Party, aber eben kein Faschingsball und sie wollte sich ja nicht zum Gespött der Freundinnen machen. Man überlege sich das einmal – zum Gespött mit echter 80er Jahre Mode!

Sie zog dann ihre eigenen Leggings mit schwarz-weiß-pink gemustertem Druck, ein neonfarbenes T-Shirt, das sie sich auch selbst ausgesucht hatte, und einen schwarzen Blazer an und behauptete, zwar an die 80er angelehnt, aber doch irgendwie total anders auszusehen. Also ehrlich, diese heutige Mode ist eine 1:1 Kopie der 80er von irgendwelchen Jüngelchen, die denken, sie hätten etwas ganz Neues erfunden. Dabei ist das Einzige, was fehlt, überdimensionierte Schulterpolster. Und was soll ich sagen, selbst die habe ich in der letzten „Glamour" als „kommende Trends der neuen Kollektionen" entdeckt. Da soll sich noch einer über „früher" lustig machen!

Die passende Musik gibt's auch: 2/3 der Neuerscheinungen kann ich zum Erstaunen meiner Tochter direkt mitsingen oder mitsummen. Sind schließlich nur mit fetten Beats unterlegte aufgewärmte Musikstücke, zu denen ich schon früher getanzt habe. Und ja, das ist halt der Stil, den man damals in den Discos, die eben nicht „Clubs" hießen, so draufhatte.

Da muss gar keiner hämisch fragen „Ach Gott Mama, hast du einen epileptischen Anfall, oder was? Was machst du denn da?"

Muttertag

Wie schon meine Mutter vertrete ich die „Papperlapapp"-Fraktion, wenn es um Muttertag geht. Es wäre schöner, jeden Tag ein bisschen Nettigkeit, Respekt und harmonisches Miteinander zu erleben, als ein Mal pro Jahr Frühstück ans Bett und ein paar Blümchen mit Mama wir haben dich lieb Bild.

Mein Sohn war am Freitag vor dem Muttertag schon so aufgeregt, dass er es nicht erwarten konnte, und mir ein Vor-Muttertags Geschenk überreichte. „Du bist die beste Mama der Welt und du kennst meinen Geschmack mir gefällt nicht alles, aber du bist lieb" stand darauf. Ist doch schon mal schön, dem Geschmack meines Sohnes zu entsprechen.

Wobei dieser Geschmack– das nur nebenbei- teilweise schon interessante Blüten treibt. Ich habe derzeit für meine Verhältnisse fürchterlich lange Haare und band sie mir zu einem kleinen Pferdeschwänzelchen zusammen. Er schaute mich an, rief: „Oh Gott wie schrecklich du aussiehst, ich muss brechen!" Auf meine Frage, warum das so hässlich sei, meinte er, ich sehe aus wie ein Kindergartenmädchen.

Hmm, das ist vielleicht der Schlüssel zum Jungbrunnen?

Egal, am Samstag vor dem Muttertag erklärte mir meine Tochter ausführlich ihre Pläne für den nächsten Tag, einschließlich eines Besuchs des Bahnhofsfests im Nachbarort. Mein „Und was mache ich am Muttertag?" kommentierte sie trocken mit „Du kannst ja auch aufs Bahnhofsfest gehen!". Na, schönen Dank auch.

Getreu meinem Papperlapapp Motto gab es also kein Frühstück – weder an Bett noch sonst irgendwo-, keinen selbstgebackenen Kuchen, Geschenke in Form von Faltencreme und einem Gedicht mit der Anrede „Liebe Mutti" – ich muss nicht erwähnen, dass ich den Begriff „Mutti" für mich komplett ablehne, und auch die immateriellen Nettigkeiten hielten sich in Grenzen.

Das ging so weit, dass ich niemanden in der Familie dazu bringen konnte, mir eine Pizza zu holen. Um 20:30h hatte ich die Schnauze voll. Ich zog mich an, fuhr zur Pizzeria und stopfte mir vier Käse und Salami hinein. Ich muss nicht erwähnen, dass der Frust über diese völlig unsinnige Kalorienzufuhr viel größer war als der Frust über den unmütterlichen Muttertag.

Aber trotzdem, meiner Familie habe ich es gezeigt!

Nachrichten

Mein Abitur habe ich mit dem Leistungskurs Politik
gemacht, meine Mutter war jahrelang in der Lokal- und
Kreispolitik tätig, und wir führten rege Diskussionen über
Inlands- und Auslandspolitik.

Inzwischen schaue ich Fernsehnachrichten nur noch aus
Versehen, im Spiegel überblättere ich die ersten 10 Seiten ohne
schlechtes Gewissen, und Talkshows mit Politikern schaue ich
aus Prinzip nicht. Ich habe resigniert. Ich glaube keinem
Politiker, egal welcher Couleur, egal auf welcher Ebene, und
habe einfach keine Lust mehr, mich mit etwas zu befassen, was
ich sowieso nicht beeinflussen kann, und worüber ich mich
eigentlich nur ärgern muss.

Allerdings dämmert mir, dass diese Verweigerung auch
keine vernünftige Lösung ist.

Die Alternative sind nämlich „News" in bestimmten
Privatsendern oder im Radiosender der Wahl meiner Kinder.
Dieser dudelt morgens, wenn wir uns im Badezimmer fertig
machen. Halbstündlich gibt es dort die Top 3 News des Tages.
„News two", also die zweitwichtigste Meldung des Tages ist dort
gerne einmal die Tatsache (wenn es denn überhaupt eine ist),
dass einem Australier eine Kakerlake in das Ohr gekrabbelt sei,
er diese weder mit Wasser oder einem Staubsauger herausholen
konnte, und schließlich ein Arzt das inzwischen verendete Tier,

welches sich tief in seinem Gehörgang befand, herausoperieren musste.

Im Privatfernsehen gilt der Auftritt eines ehemaligen englischen Profifußballers bei der Signierung seiner Autobiographie als Top News.

Im Ernst??? Das sind die wichtigsten Meldungen des Tages, die der Kernzielgruppe der 19–39-Jährigen serviert werden?

Ich muss also doch wieder mit gutem Beispiel vorangehen, um meinen Kindern zu zeigen, dass es mehr gibt als Skurriles und Hype um Unwichtiges.

Immerhin habe ich letzten Sonntag mit meinem Sohn den Weltspiegel geschaut, mit Informationen aus Venezuela, Lagos, und Großbritannien.

Es ist ein Anfang.

Neid

Ich bin relativ Neid frei. Natürlich gibt es das eine oder andere, was man toll findet, oder selbst gerne hätte – eine blonde Wallemähne, eine eigene Schuhmarke, Reichtum, der jeglichen Büroalltag überflüssig macht.

Aber abgesehen von einem Setzkasten mit perfekten Einzelteilen, gibt es nicht EIN perfektes Ganzes. Oh, es gibt Ansätze. Aber immer, wenn ich im echten Leben Perfektion, die Neid verursachen könnte, zu entdecken glaube, kommt der Realitätscheck.

Und der heiß ganz einfach: Jeder hat sein Päckchen zu tragen. Meine Cousine – klasse Familie, schöne Wohnung, und noch wichtiger: sie als Lehrerin mit halber Stelle scheint mehr Ferien zu haben als zu arbeiten. Klingt erst mal gut, aber ehrlich – diese freie Zeit erkauft sie sich teuer, indem sie sich täglich mit pubertierenden Haupt – und Realschülern auseinandersetzen muss. Die Geschichten, die sie darüber erzählt, klingen wie von einem anderen Stern. Würde ich immer noch tauschen wollen? Niemals.

Mein ehemaliger Kollege. Perfekte Frau, beide smart, tough, attraktiv, zwei nette, kluge, wohlerzogene Kinder – eine der wenigen, die man bei einem Besuch nicht nach 20 Minuten in die Gästetoilette verbannen möchte. Das Ehepaar – zärtlich, respektvoll, schwelgend in gegenseitiger Bewunderung. Nach 7 scheinbar perfekten Ehejahren von heute auf morgen nach einem kurzen, aber heftigen Rosenkrieg geschieden.

Am Strand die perfekte Frau – groß, schlank, blond, ein Bild von einem Mann daneben und vier (!) orgelpfeifige Blondschöpfe, die allesamt den ganzen Tag herumalbern oder harmonisch kuschelnd auf den Liegestühlen verbringen. Am Nachmittag zog die perfekte Frau ihren langen Strandrock auf und offenbarte die schlimmsten Krampfadern, die ich jemals gesehen habe.

Neid frei zu sein, heißt nicht, bei anderen das Haar in der Suppe zu finden oder Umstände, Zustände, oder Errungenschaften anderer herabzusetzen.

Neid frei zu sein heißt einfach, das, was man hat, wertzuschätzen und wenn es doch jemand mit einem perfekten Leben gibt, es denjenigen auch „jönne zu könne."

Meine philosophische Abhandlung über Neid war schon geschrieben, als mir etwas widerfuhr, was ich bis heute nicht wirklich verarbeitet habe.

Mein Göttergatte kam nach Hause und sagte: „Augen zu, Mund auf!" „Aber ich möchte jetzt nichts essen!" antwortete ich. „Ok, streck deine Hände aus!", sagte er, und hängte mir eine Tüte um mein Handgelenk.

Eine Tüte eines Geschäfts, das wunderschöne Taschen verkauft.

Kurz, er wollte mir eine Freude machen, und hatte mir eine Handtasche gekauft. Einfach so. Ich freute mich riesig, lief mit der Tasche am Arm auf und ab und baute sie schließlich mitsamt der Tüte auf meinem Bett auf, damit ich sie im Laufe des Tages immer wieder betrachten und mich daran erfreuen konnte, was ich auch tat.

Göttergatte hatte in der Stadt einen neuen Vertrag für sein Handy abgeschlossen, und „kostenlos" dazu eines der neusten Smartphones und ein Tablet bekommen, was er in der Küche aufladen ließ.

Unsere Kinder kamen nach Hause und entdeckten die Tasche auf dem Bett. Und dann fing es an: „Was ist das denn, warum hat Mama eine neue Tasche?" fragte mein Sohn.

„Einfach so, weil ich ihr eine Freude machen wollte!" antwortete mein Göttergatte. „Aber die sind doch teuer, die hat mindestens hunderttausend gekostet!" empörte sich mein Sohn und fügte hinzu: „Und es ist nicht Weihnachten und ich habe zu meinem Geburtstag nicht mal einen iPod bekommen!"

„Ja, und mir hättest du aus dem Geschäft ruhig auch etwas mitbringen können!" empörte sich meine Tochter.

Dann entdeckten sie das Smartphone und das Tablet in der Küche. Auf ihre Frage, wem das denn nun gehöre, sagte mein Göttergatte: „Mama". Die Kinder flippten fast aus.

„Was ist denn hier los, warum bekommt Mama denn alles neu?!"

Ich war wie vom Donner gerührt.

Diese kleinen Ratten waren neidisch und eifersüchtig. Ich erklärte ihnen, wie traurig es mich machte, dass sie so missgünstig waren, anstatt sich mit mir zu freuen und sprach danach den Rest des Tages kein Wort mehr mit ihnen, was nicht weiter schwer war, da ich zum Essen mit einer Freundin eingeladen war.

Nach meiner Rückkehr fand ich ein riesiges Bild auf meinem Bett vor: „Entschuldigung Mama! Love Ich liebe dich nimmst du meine Entschuldigung an? Bitte ankreuzen"

Mein Sohn hatte anscheinend verstanden, dass sein Verhalten ekelhaft war und entschuldigte sich. Meine Tochter behauptete, nie etwas Missgünstiges geäußert zu haben, verriet sich aber einige Tage später, als ich Probleme mit meinem alten Telefon hatte, und dann murmelte: „Nicht mal das Ding bedienen können und dann ein Smartphone haben wollen!"

Irgendetwas ist bei der Erziehung dieser kleinen Monster schief gegangen, ich hasse Neid!!

Ohrenprobleme

Die Kunst des Nicht-Zuhörens wird schon seit vielen Jahren
ausgeübt. Schon meine Oma hatte eine Freundin, die in jedem
Gespräch nur auf ein Stichwort lauerte, zu dem sie einen
Monolog absondern konnte.

Eine Freundin meiner Mutter hat ähnliche Tendenzen,
wobei sie eine interessante Abwandlung des Monologs
praktiziert – den Wiederholungsmonolog. Als mir meine
Mutter früher manchmal erzählte „Renate wiederholt jeden
Satz mindestens 3-mal!", dachte ich, das sei eine schamlose
Übertreibung. Als ich älter wurde, und in diesen Damenrunden
als Zuhörer toleriert wurde, wurde mir schnell klar, dass das
eine schamlose Untertreibung war. Anfangs dachte ich, Renate
hätte den Eindruck, ich habe ihre Geschichte nicht verstanden
oder ich hätte nicht zugehört. In der Tat wortwörtlich wurden
Ausführungen zum Hund der Schwester des Freundes ihrer
Tochter wiederholt, nur weil ich gefragt hatte, wie es der
Familie geht. Es war bizarr. Kaum war die Geschichte zu Ende,
fing sie genauso 30 Sekunden später wieder an. Wer es nicht
erlebt hat, kann das sicher nicht glauben. Ich schwöre, dass es
wahr ist – und täglich grüßt das Murmeltier!

Eine nette Bekannte von mir ist auch in der Kategorie „Was
ist schon ein Gespräch gegen einen gepflegten Monolog, bei
dem es nur um mich geht?"

Ich könnte ihren Namen eigentlich schreiben, denn sie
würde sich sowieso keine Geschichten aus dem Leben Anderer

zu Gemüte führen – es geht ja nicht um sie. Ha, hab ich dich –
tut es doch, und du weißt es nur nicht!

Jedenfalls, in „Gesprächen" mit ihr habe ich schon mitten im
Satz aufgehört – jeder echte Zuhörer hätte dann gefragt „Und
dann?" Nicht sie. Meine Stimme – ein Hauch von Nichts, der
versucht, den sich formenden Gedanken über eine verbale
Exkursion zu ihren eigenen Befindlichkeiten in den Weg zu
stellen.

Auch eine Abwandlung des „Mitten-im-Satz-Aufhörens",
das „Mitten-im-Satz-Unsinn-Einwerfen", stört in keiner Weise.

„Emily war nach der Spritze beim Zahnarzt ganz übel, und der
Fischbestand im Baikalsee ist massiv bedroht" führte noch
nicht einmal zu einem klitzekleinen Anheben der Augenbraue.

Ich habe eine weitere Bekannte, die ähnlich tickt – wenn ich
ihre Nummer im Display sehe, weiß ich:

1.   Ich muss mindestens 30 Minuten für das Telefonat
einplanen

2.   Ich kann mein Gehirn auf Standby fahren, da von mir
lediglich zustimmendes „hmm", „ehrlich", oder „ist ja witzig"
verlangt wird.

Denn wehe, ich hätte zu einem Thema auch mal etwas
beizutragen – beim Luftholen werde ich schon mit „Warte mal
ab, es geht noch weiter!" zum Stillhalten verpflichtet.

Mich wundert auch nicht, dass Plappermäulchen auf
Twitter, Facebook und weiß Gott wo extrem aktiv ist. „Ach, du
bist ja altmodisch, du hast ja die Bilder meines Besuchs in
Buxtehude gar nicht auf Facebook gesehen." Oder „Ich habe für

den Film, den ich am Samstag gesehen habe und den Cocktail, den ich getrunken habe, gleich 3 Kommentare bekommen, und mein neuer Lippenstift hat 20 Likes!"

Ganz ehrlich – ich habe eine Familie und Freunde, mit denen ich meine Freizeit verbringe. Warum sollte ich an einem Samstagabend die geistigen Absonderungen von Menschen, die beseelt von der Vorstellung, die ganze Welt warte nur darauf, eine Befindlichkeitsmeldung zu erhalten, lesen, geschweige denn kommentieren?

Zu der Zeit befinde ich mich im Gespräch mit meinen Freunden, oder meinem Göttergatten.

Dabei spricht jemand – und jemand anders antwortet darauf. Sprechen, zuhören, antworten, sprechen, zuhören, antworten, hin und her, hin und her, in Person, ein irres Konzept!

Paranoia

Eigentlich bin ich nicht paranoid. Das Post-it über der eingebauten WebCam in meinem Laptop hat keine Bedeutung – es ist nur da für den Fall, dass das rote Licht, das den Betrieb der Kamera anzeigt, einmal nicht funktioniert und ich völlig ahnungslos, zerstrubbelt und ungeschminkt im Labbershirt an einer Konferenz zur 3 Jahres Strategie des Unternehmensbereichs teilnehme. Eine reine Vorsichtsmaßnahme also.

Auch die Tatsache, dass ich meine geschäftlichen E-Mails und Chats immer so formuliere, dass mir keiner einen Strick daraus drehen kann, und da die private Nutzung meines Geschäfts- E-Mail-Kontos auf unspektakulären Austausch mit meiner Ex-Schwiegermutter beschränkt ist, kann es mir keiner als komisch anlasten. Immerhin werden E-Mails und Chats in meiner Firma mindestens 90 Tage archiviert und wenn man „auf der Liste" steht, können sicher noch Meinungsäußerungen von vor 3 Jahren wiederhergestellt werden. Paranoid fand ich meine Kollegin, die mir in einem Telefongespräch sagte, wir sollten uns zum Thema Personalabbau zusammenreißen, da wir schließlich über das Firmennetz telefonierten und sicher abgehört würden.

Das ist ja auch ein schönes Thema – Listen und Personalabbau. Menschen wie ich, die sich um fluffige Themen wie Kommunikation, Marketing, Kundenzufriedenheit kümmern, sind immer gefährdet, auf besagten Listen zu landen. Man darf das dann auch nicht persönlich nehmen, dort landen auch Mitarbeiter, die über Jahre als „exceeded expectations" und mit hauseigenen Awards überschüttet zu den Stützen des Unternehmens zählen. Dumm gelaufen, wer in der falschen Länder/Bereichs/Gruppenspalte steht und daher dann gehen muss. Obwohl er keine goldenen Löffel geklaut hat.

Und egal, ob dies im Nachgang zu massiven Problemen führt, weil dieser Mensch der einzige Wissensträger auf einem kritischen Gebiet war.

Egal. Hauptsache, die teuren Jüngelchen der externen „Berater", die immer nur Personalabbau empfehlen können und sonst nichts zur Produktivität eines Unternehmens beitragen, haben ihre Zielzahlen erfüllt.

.

Meine Eltern können überhaupt nicht nachvollziehen, wie das passieren kann.

Ich glaube, wir leben in einer Simulation.

Wir alle in diesem Universum sind wie Ameisen in einem gläsernen Ameisenaquarium.

Wir wuseln hin und her, sind immer unterwegs, beschaffen Nahrung, machen sauber, sind mit der Aufzucht der Brut beschäftigt und machen einfach unsere Arbeit. Das klappt eigentlich ganz gut. Die feisten Männer, die um das Aquarium sitzen, finden dann aber, dass es uns zu gut geht. Also werfen sie im Abstand von 12-15 Monaten einen brennenden Zigarrenstummel in unseren Bau, schütten eine Flasche Wasser hinein, oder werfen Steine. Dieses Aufscheuchen und daraus resultierende Chaos mit Toten und Verwundeten nennt man dann Reorganisation. Wenn man als kleine Ameise in den letzten Jahren mehr Reorganisationen überlebt hat, als Geburtstage gefeiert, und festgestellt hat, dass aus keiner dieser „diesmal ist es die einzig richtige Reorganisation, die ihr jemals erlebt habt" je eine einzige wirklich sinnvolle Veränderung hervorgegangen ist, könnte man fast paranoid werden.

Hüter der Simulation vor dem Aquarium: sucht euch eine neue Beschäftigung, anstatt auf den Ausgang eurer Störungen zu wetten und lasst uns einfach in Ruhe arbeiten!

Peinlichkeiten

Seltsamerweise kann ich mich an recht wenig aus meinem kindlichen und jugendlichen Alltag erinnern.

Es gibt Menschen, denen sich jede Party, jeder Geburtstag, und jeder Schultag ins Gehirn gebrannt haben.

Mir nicht.

Und die meisten Dinge, an die ich mich zu erinnern meine, basieren tatsächlich auf Fotoalben.

Ich habe natürlich immer mal wieder Anflüge von Paranoia (siehe vorherige Erklärung), was ja bei mir fast zum Normalzustand zählt.

Jedenfalls glaube ich, entweder im Alzheimerdauerzustand zu leben – aber würde ich dann nicht vergessen, mit ständig Listen und Post-ist an die Tür, den Computer, oder meine Handtasche zu kleben, oder?

Vielleicht wurde ich ja auch mal von Außerirdischen entführt und „teilgelöscht" – wer weiß das schon?

Jedenfalls fragte mich mein Sohn eines Tages nach dem peinlichsten Moment meines Lebens. Wie so oft fiel mir erst einmal nichts dazu ein.

Ich dachte kurzfristig an die Geburt meiner Tochter, bei der ich nicht richtig zu pressen wagte, weil ich Angst hatte, umringt von Ärzten und Schwestern, zu pupsen. Aber da ich das ja vermeiden konnte, zählte es halt nicht.

Eines Nachts kniete mein Sohn über der Toilettenschüssel und aß sein Abendessen quasi rückwärts. Plötzlich strahlte ich ihn an: „Ich weiß meinen peinlichsten Moment! Es muss in der 5. Klasse gewesen sein. Meine ganze Familie lag mit einer Magen Darm Infektion zu Hause im Bett, nur ich war in die Schule gegangen. Die Stunde war fast zu Ende und mir wurde plötzlich speiübel. Es klingelte, doch Frau Schermer, deren nicht-Unterricht den Grundstein zu fast lebenslanger Mathelegasthenie gelegt hat, erzählte immer weiter. Mir wurde heiß, mir wurde kalt, und ich spürte, wie mir der Tee hochstieg. Ich schluckte ihn nochmal runter, aber getraute mich einfach nicht, zum Waschbecken zu laufen, um zu spucken.

Mit einem Schwall ergoss sich also der Tee über meinen Tisch, meine Hose, meine Nachbarin, und ich wollte einfach nur, dass sich der Boden auftut und mich verschluckt.

Frau Schermer was aber ganz pragmatisch, rief meiner anderen Nachbarin Bettina zu, sie solle Tücher und einen Putzlappen holen, um alles aufzuwischen, schickte meine andere Nachbarin zum Waschraum, und mich nach Hause.

Wenn heute ein Lehrer von einem Kind verlangen würde, einem anderen hinterher zu putzen, würde er wohl verklagt.

Ich war jedenfalls noch eine Woche krank – hauptsächlich vor Sorge, wie die anderen reagieren würden, wenn ich wieder zurückkehre, und welche schrecklichen Spitznamen sie mir wohl geben würden.

Als ich mit Bauchschmerzen wieder zum Unterricht kam, verlor kein einziges Kind auch nur einen Satz über das Vorgefallene, und keiner nannte mich „Kotzi" oder etwas anderes.

Hiermit möchte ich mich bei der Klasse 5b bedanken, dass ich aus diesem peinlichen Moment keine weiteren psychischen Schäden davongetragen habe.

Zumindest keine, die man auf den ersten Blick erkennen würde.

Personal

Wenn ich mit meiner Schwester telefoniere, denke ich ja, dass sie eigentlich ein Buch schreiben müsste.

Die Erlebnisse, die sie mir fast täglich aus ihrer Tätigkeit in ihrer Eventagentur schildert, rufen bei mir eine Mischung aus Verstörtheit, Verblüffung, und Amüsement hervor. Ihren täglichen Wahnsinn kann man nicht erfinden und eher öfters als nicht braucht das arme Mädel Trost und Zuspruch.

Beispiele gefällig? Gerne.

Sie stellte vor einiger Zeit Personal für eine Hochzeit und musste, da wieder einmal eine Kraft, die ihren Arbeitseinsatz fest zugesagt hatte, spurlos vom Ende der Welt fiel, selbst einspringen. Das passiert in der Regel 1x pro Woche. Studenten, also Menschen, die einmal eher verantwortungsvollere Berufe bevölkern werden, sind so unglaublich:

- egoistisch („Ich weiß, dass ich die Einsatzbestätigung unterschrieben habe, aber ich komme heute nicht, es ist so schön warm."),

- dummdreist („Ich kann nicht kommen, meine Oma ist gestorben." „Die ist doch letztes Mal schon gestorben!" „Ach nein, das war meine Tante, ich weiß auch nicht, was da gerade abgeht.")

- feige (E-Mails zur Absage werden um 23:30h an die Büroadresse geschickt, anstatt wie sonst – wenn es um die

Bezahlung geht- meine Schwester zu jeden Tages-und Nachtzeiten auf dem Handy zu behelligen) oder schlicht

- unzuverlässig (Gerne genommen: einfach nicht auftauchen und das Handy ausstellen), dass man sich fragt, wie diese Menschen jemals einem geregelten Beruf nachkommen wollen.

Jedenfalls war meine Schwester eben bei dieser Hochzeit als Serviceleitung selbst vor Ort. Sie hatte sich im Vorfeld schon darüber gewundert, dass kein DJ gebucht war, dachte aber, dass vielleicht einer zur Hochzeitsgesellschaft gehörte, was nicht ungewöhnlich war.

Offensichtlich war diese Gesellschaft auch optisch ganz normal, Braut in Weiß, ältere Tanten in altrosa, und Oma Hilde neben der Braut platziert.

Die abendliche musikalische Unterhaltung bestand dann allerdings in stundenlangem Death Metal, was meine Schwester am nächsten Tag nur mit „Nach 2 Stunden war ich bereit zu töten!" kommentierte.

Gerne genommen werden auch Veranstaltungen, die aus hochwertigsten Speisen und Getränken bestehen, im Vorfeld mit der Akribie einer britischen Thronfolgerhochzeit geplant werden, für die Dekorateure aus 300 Kilometern entfernten Städten eingeflogen werden, und für die dann für die acht Mann und Frau Servicepersonal, das drei Stunden länger als gebucht, bis 4 Uhr früh arbeitet, genau 0,00 (in Worten: Null Komma Null Null) Euro Trinkgeld hinterlassen wird.

Oder Veranstaltungen, bei denen der Sponsor nach 9 Stunden um 3 Uhr früh die Szene verlässt und verlangt, dass jetzt 2 der 3 Servicekräfte nach Hause gehen sollen, „Nicht, dass jetzt beim Abbau noch Zeit geschunden wird." Kann sich der Mensch vorstellen, dass nach einem solchen Einsatz Servicekräfte auch die Schnauze voll haben, und andere Sorgen, als beim Abbau um diese Zeit noch fröhlich Zeit zu schinden? Zumal es keinen finanziellen Unterschied macht, ob man drei Leute für eine weitere Stunde, oder einen Menschen für drei weitere Stunden bezahlt.

Oder Geburtstage, bei denen sich die Gäste bereits beim Gang entlang des Büffets über die dargebotenen Speisen beschweren, ohne A. probiert zu haben und B. zu beachten, dass das wahrscheinlich genau das ist, was der Gastgeber eben ausgesucht hatte.

Oder Messen, bei denen Hostessen gerne von Vertriebsmitarbeitern auf unterstem Niveau angegraben werden, um sich dann am nächsten Tag über deren professionell-distanziertes Verhalten als „unfreundlich und mit mangelnder Kundenorientierung" zu beschweren.

Kein Wunder, dass man hier so ein seltsam gespaltenes Verhältnis zum Personal hat, bei den Manieren der Arbeitgeber!

Qualitätshotels

In meinem früheren Job als internationaler Vertriebsmensch für Telefone arbeitete ich in vielen verschiedenen Teilen der Welt und lernte auf diese Art und Weise viele Hotels kennen.

Es war schon anders als Österreich auf dem Reiterhof oder normale 3 Sterne Hotels, in denen man auf einer Rundreise eben so sein müdes Haupt bettet.

Ich musste aber erst lernen, wie man mit solchen Unterschieden umgeht. Diese waren in den zweckmäßigen Unterkünften, die in unserer bodenständigen, schwäbischen Firma normalerweise gebucht wurden, nicht allzu groß.

Spannend wurde es, wenn unsere internationale Tochtergesellschaften Hotels vorschlugen, in die ich – da in Begleitung hochrangigerer Chefs- dann eben auch einquartiert wurde. So war ein Stopp in einem skandinavischen Designer Hotel ein solches Aha-Erlebnis. Sehr große, sehr kühle Zimmer, riesige Entertainment Center für deren Bedienung ich sicher mehrere Tage Aufenthalt benötigt hätte, und ein unglaublich wohlduftendes Badezimmer. Dort bemerkte ich dann auch, dass ich meine Zahnpasta vergessen hatte. Also ab zur Rezeption, nach Zahnpasta fragen. Der coole Typ händigte mir eine riesige Tube aus und ich sagte ihm, ich würde sie selbstverständlich innerhalb der nächsten 15 Minuten zurückbringen. „Wie zurückbringen?" fragte er leicht verwirrt. „Naja, wenn ich mir etwas für meine Zahnbürste genommen habe, bringe ich den Rest wieder zurück." Der coole Mensch schaute mich an, als ob ich komplett geisteskrank wäre. Was ja im Nachhinein nicht so abwegig scheint. „Um Gottes willen, nein, behalten sie die Tube!" stammelte er, als er sich sicher war, dass er mich richtig verstanden hatte. Das war also der erste Unterschied zum österreichischen Reiterhof. Kein intimes Teilen von persönlichen Utensilien.

Irgendwann ging es dann nach Bangkok. Das Hotel war wie ein Palast und ich kam aus dem Staunen kaum heraus. Dunkle Hölzer, tolle Stoffe, Wohn-, Schlaf-, und Badezimmer wie für eine Prinzessin. Ich kam mir mit meinen feuchten, herunterhängenden Spaghetti -Haaren nach einem 11-stündigen Flug nicht sehr prinzessinenhaft vor und wollte gerade meinen Koffer ausräumen, als es klopfte.

Ein Mann im schwarzen Anzug mit einem Silbertablett, auf dem Wasser, Saft, und Obst hübsch angerichtet waren, stand vor der Tür und sagte „Hello, my name is Peter and I'm your butler." In dem Moment wusste ich, dass ich tot war, und der Himmel mich aufgenommen hatte. Mein Körper und Verstand versagten mir die Dienste und ich konnte mich weder bewegen noch sprechen. Hatte dieser Mann gerade gesagt, er sei mein BUTLER???

In der Tat schritt er an mir vorbei, stellte das Tablett ab, öffnete die Vorhänge und fragte, ob es mir recht sei, wenn er jetzt meinen Koffer auspackt. Siedend heiß dachte ich an die weißen Baumwollschlüpper und H&M T-Shirts, die sich zwischen meiner Geschäftkleidung im Koffer befanden und sagte, nein, ich wollte zuerst duschen. „Selbstverständlich" meinte Peter, ob er mir denn ein Bad einlassen solle. Mit jeder Faser meines Körpers schrie ich „Raus hier!" und stammelte, nein, ich würde schon zurechtkommen. Ich war nicht dafür geboren, mit einem persönlichen Butler umzugehen und nutzte –im Gegensatz zu meinem Chef- nicht einmal während des 6-tägigen Aufenthalts Peters Service, hatte aber immerhin den Geistesblitz, ihm dennoch ein Trinkgeld zu geben, denn er konnte ja nichts für meine Unbeholfenheit.

Irgendwie hatten es die Kollegen in Köln gedeichselt, uns im besten Hotel am Platz unterzubringen. Keine Ahnung, wie sie das hingebogen hatten – Kölner eben. Schon in der Empfangshalle teilte mein Kollege mir mit, dass er sich für mein Zimmer etwas ganz Besonderes hatte einfallen lassen, einen Ausblick, von dem ich träumen würde. Ich checkte also ein, und da sein Telefon klingelte, konnte er mich nicht begleiten, um mein erfreutes Gesicht anzuschauen. Ich dachte mir schon, dass ich wohl einen tollen Ausblick auf den Dom haben würde.

Ich öffnete die Tür, trat einen Schritt ins Zimmer und mir gegenüber stand ein splitterfaser nackter Mann, der mich genauso entsetzt anstarrte, wie ich ihn.

Das Blut rauschte mir in die Ohren, ich nuschelte „Sorry!" und stürzte mit meinem Koffer aus der Tür.

Unten angekommen ging ich zur Rezeption, sagte „Ich hätte gerne ein neues Zimmer, eines ohne einen nackten Mann", und bekam von der freundlichen Dame unter vielen Entschuldigungen einen neuen Schlüssel.

Zu einem Zimmer mit riesigem Balkon und Domblick.

Ohne nackten Mann.

Natürlich hatten alle in der Firma viel Spaß mit der Geschichte und fortan bekam ich entweder von meinem Chef oder seiner Sekretärin jede Hotelbuchung mit dem Kommentar „Wünschen Sie einen besonderen Ausblick?" zurück.

Inzwischen habe ich schon viele Hotels kennen gelernt, kann mit helfenden Servicekräften umgehen und würde niemals auf die Idee kommen, eine angebrochene Zahnpastatube wieder zurückgeben zu wollen. Und auf dem österreichischen Reiterhof fühle ich mich trotzdem noch immer zu Hause.

Rücken

Laut wissenschaftlichen Forschungen leidet jeder 6. Deutsche unter Schmerzen, gut die Hälfte davon unter Rückenschmerzen. Als gute Durchschnittsdeutsche gehöre ich auch dazu.

Meine Schwester, ebenfalls geplagt, gab mir nach einem Hexenschuss, der unser spontanes, 4 Wochen im Voraus geplantes Essen platzen ließ, eine ihrer Tabletten mit der Ansage: „Die wirken bei mir nicht, ich habe letzten Mittwoch 4 genommen und nix gespürt – aber kannst ja mal probieren".

Das war auch schon das letzte, was ich an diesem Samstag hörte. Ich fiel von einer Minute zur nächsten quasi ins Koma. Ich schwitzte wie eine Irre, fror kurz darauf, als würde ich in Eiswasser baden und hatte Horrorvisionen und Existenzängste, die mich fast um den Verstand brachten.

Ohne einschlägige eigene Erfahrungen kann ich nur vermuten, dass dies einem schlechten LSD-Trip schon sehr nahekam.

Als ich am Sonntagabend völlig gerädert wieder zu mir kam, las ich den Beipackzettel durch – ja, besser spät, als nie – der natürlich wie bei jedem Medikament Nebenwirkungen vom Haarspitzenkatarrh bis zum Humpelbein auflistete, sich aber nicht explizit auf die Beschreibung von Höllentrips ausließ.

Die Erfahrung jedenfalls brachte eine Frage und eine Erkenntnis.

Die Frage:

Wie kann ein Medikament so unglaublich unterschiedliche Wirkungen bei genetisch eng verwandten Frauen in ähnlicher körperlicher Verfassung auslösen?

Die Erkenntnis:

Meine Schwester ist mir unheimlich.

Schokolade

Ich liebe Schokolade. In meinem letzten Lebenslauf habe ich unter Schwächen Schokolade angegeben. Man soll ehrlich sein. Wenn es für mich einen Traumberuf gäbe, wäre es Schokoladenesserin. Natürlich hat mir mein Göttergatte aus diesem Grund neben einer Packung feinster handgemachter Pralinen ein Pralinenseminar geschenkt.

Über Stunden erklärte der erstaunlich dünne Chocolatier welche Temperaturen, Konsistenzen, Zutaten, etc. für die Herstellung feinster Pralinen notwendig sind, während die Teilnehmer mit der Umsetzung des Beschriebenen beschäftigt waren.

Nach 2 Stunden hatte ich Rückenschmerzen von dem nach vorne gebeugten Arbeiten und meinen Pralinen war die Handarbeit deutlich anzusehen.

Aber das Essen!

Wir wurden permanent aufgefordert, zu kosten, und schon am Anfang lagen die Zutaten wie feinste Schokoladendrops auf dem Tisch, um verspeist zu werden. Ich war im Himmel – aber nicht das Herstellen was der absolute Traum. Ich weiß auch nicht, welche Pläne die anderen Teilnehmer verfolgten, die abwechselnd kluge Fragen über die dritte Stelle hinter dem Komma bei der Temperatur stellten, oder jedes Wort des Meisters mitschrieben.

Ich aß. Und jeden Hinweis auf „das muss noch ausgekratzt werden" nahm ich dankbar auf. Einer musste sich ja opfern.

Nach vier Stunden hatte ich schätzungsweise 1 Kilo Schokolade in verschiedensten Formen verdrückt, nahm meine Pralinen mit nach Hause und musste auf dem Weg dorthin unterwegs eine Mittagessenspause einlegen, die aus dem Verzehr von Spare Ribs bestand, denn mein Körper schrie „Protein!!"

Ich war mir sicher, nie wieder Schokolade essen zu wollen. Dieser Zustand hielt, bis ich nach Hause kam, meinen Lieben meine wunderbaren Pralinen gab, und dabei von jeder Sorte erst noch mal eine aß. Man kann ja nie wissen, ob sie nach dem Transport noch so schmeckten wie direkt nach der Herstellung. Kurz, der Zustand, keine Schokolade zu wollen, hält bei mir maximal einige Stunden an. Ich wette, ich wäre für eine Abhängigkeitsbehandlung qualifiziert! Das ist bestimmt eine Krankheit, und ich kann nichts dafür, sie zu haben.

Ich kenne natürlich die Tipps, wie man den Konsum und seine Folgen reduzieren könnte und habe meine eigenen Tricks entwickelt.

Das Thema, möglichst dunkle Schokolade zu essen, kann ich leider nicht umsetzen, denn sie schmeckt mir nun mal nicht so besonders. Aber immerhin kaufe ich keine 300gr Tafeln mehr, denn ich habe festgestellt, dass es einen Schalter in meinem Gehirn gibt, der sagt: „Ist die Packung auf, muss sie leer gegessen werden, unabhängig von der Größe." Ich könnte mich sicher für Tests von Hochgeschwindigkeitskameras zur Verfügung stellen, denn zumindest mein Göttergatte behauptet, noch nie jemanden gesehen zu haben, der

Schokolade so schnell essen kann, dass es mit dem bloßen Auge fast nicht mehr zu sehen sei.

Meine neuste clevere Idee ist, nur noch die Schokolade zu kaufen, die in einzelnen Portionen kommt und die ich –wichtig! - eigentlich nicht sooo gerne mag. Ich stand also heute früh vor dem Regal mit feinsten Schweizer Keksen à 41 Kalorien das hauchdünne, 2 Euro große Stück. Den Inhalt einer solchen Packung habe ich vor ein paar Wochen in kürzester Zeit von seinem irdischen Dasein erlöst und damit 800 Kalorien zu mir genommen.

Heute war ich schlauer. Ich kaufte eine Packung mit kleinen Riegeln, die total klebrig sind und die ich nicht so gerne esse. Von denen nehme ich maximal 3 zu mir, was dann 300 Kalorien entspricht. 500 gespart ohne Anstrengung!

Ich sollte ein Diät Buch schreiben.

Singles

Ich kenne unheimlich viele Single Frauen. Großartige, schöne, nette, kluge Frauen, die einfach nicht den richtigen – und in manchen Fällen über sehr lange Zeit garkeinen Mann finden.

Wobei das auch nur die halbe Wahrheit ist, denn alle finden schon Männer. Nur keine, die Heiratsmaterial wären.

Ich zerbreche mir den Kopf, woran das liegen mag und das böse Internet ist natürlich auch für mich zu einem Großteil schuld daran.

Denn natürlich laufen alle diese unglaublichen Frauen nicht mit Scheuklappen durch die Welt, und schauen sich die Männer in ihrer Umgebung genau an, sei es in der Nachbarschaft, abends beim Weggehen, im Freundeskreis, oder im Job.
Aber wenn es dort eben zufällig nicht passt, oder man das Pech hat, als Kinderarzt, oder als Kosmetikerin zu arbeiten, was das Potential an heiratswilligen Männern per se in der Regel ausschließt, muss man eben auch als tolle, schöne, nette, kluge Frau auf das Internet ausweichen.

Die Kandidaten, die dort ihr Unwesen treiben, bekomme ich dann nach dem 2. Glas Wein unter hysterischem Lachen, und nach dem 3. Glas unter kaum unterdrückten Tränen geschildert.

Der Wahnsinn scheint im Internet nämlich einen Namen zu haben: Partnerschaftsvermittlung.

Männer, die sich als 1,90 m groß bezeichnen, und meiner 1,75 m großen Freundin beim Treffen knapp an den Busen reichen, Männer mit Glatze, die sich als dunkelhaarig beschreiben (was ja zugegebenermaßen in manchen Körperregionen durchaus zutreffend sein kann), oder Männer, deren Hosen knapp unter dem hervorquellenden Bauch sitzen, die sich als Sportler bezeichnen, kann man ja noch mit einem gewissen Galgenhumor nehmen.

Wobei sich dabei die Frage aufdrängt, wenn diese Männer bei so offensichtlich nachprüfbaren Dingen lügen, wie genau nehmen sie es denn sonst mit der Wahrheit?

Aber Männer, die sich als Single bezeichnen, die sich wochenlang mit extravaganten Mails ins Zeug legen, mit denen sich meine Freundinnen dann monatelang treffen und anfangen, diese Männer in ihren Freundeskreis zu integrieren, um dann durch einen dummen Zufall herauszufinden, dass eben diese Männer verheiratet sind, die sind das Allerletzte. Und im Internet ein anscheinend häufiges Phänomen.

Wer also einen netten, ehrlichen, und einigermaßen großen Bruder, Cousin, oder unverheirateten Freund hat, kann sich gerne bei mir melden. Ich habe die weiblichen Pendants dazu.

Sport

Seit ein paar Monaten mache ich jetzt Sport. Ich reite zwar schon seit Jahren 1–2-mal pro Woche und gehe seit ein paar Jahren schon 1x pro Woche zum Yoga, aber irgendwie habe ich dies nie so richtig als Sport betrachtet. Was natürlich irre ist, denn jeder, der mich nach einer Reitstunde mit hochrotem Kopf, nassen, fest an den Kopf klebenden Haaren und klitschnassem T-Shirt gesehen hat, sieht, dass ich mich körperlich-sportlich betätigt habe. Was übrigens unfair ist. Ich weiß nicht, was ich falsch mache, aber andere Amazonen steigen mit sexy geröteten Wangen und kaum merklich zerzaustem, wippendem Pferdeschwanz elegant vom Ross, während ich mir einen Kran zum Herunterhieven und unten ein Sauerstoffzelt wünsche.

Egal- jedenfalls mache ich jetzt auch Sport. Es klingt doch schon total cool: Power Plate.

Der Grund, warum ich mich dafür entschieden habe, liegt auf der Hand. Die Plakate versprechen mit 10-minütigem Aufwand 2-mal pro Woche einen Körper, für den „The Body" Elle McPherson killen würde. Damit haben sie mich gekriegt. Zehn Minuten 2x pro Woche in einem winzigen Studio, das 5 Minuten weg ist, das kriege selbst ich hin.

Gemessen an dem Muskelkater, den ich nach jedem Mal habe, muss das auch etwas bringen. Ich glaube, das Training hat irre Auswirkungen auf meine Tiefenmuskulatur. Die restliche Muskulatur scheint nämlich genauso gut oder schlecht zu sein

wie immer, meine Cellulitis darf ich auch weiter an jedem
neuen Morgen, den der Herr werden lässt, begrüßen, und
abgenommen habe ich auch kein einziges Gramm. Was sicher
wieder an der wachsenden Tiefenmuskulatur liegt, die ja
bekanntlich viel schwerer als Fett ist.

Der schönste Effekt am Training ist aber, dass ich viele
bekannte Gesichter treffe. Frauen, die ich immer für ihre
sagenhaften Figuren und ihren genetischen Jackpot Gewinn
bewunderte, sind tatsächlich in diesem Sportstudio, um zu
trainieren. Power Plate machen sie nur so nebenbei 2x pro
Woche mit, die restlichen 3-4 Tage trainieren sie stundenlang
an von der Decke hängenden Schlingen- Folterinstrumenten, in
Klarsichtfolie und an Strom angeschlossen auf Laufbändern,
oder in sonstigen „Kursen", nach denen ich nicht zu fragen
wage.

Ich sag's doch: Sport bringt was!

Spontaneität

Als Mensch, der versucht, im modernen Geschäftsleben mit virtueller Kommunikation einigermaßen Schritt zu halten – oft mehr genötigt als aus eigenem innerem Antrieb, - habe ich ein Profil bei Xing und LinkedIn. Und in der Tat empfinde ich das Abgeben von sozialer administrativer Arbeit an ein System – sprich: ich werde erinnert, wenn jemand Geburtstag hat – erfreulich.

So gratulierte ich – online natürlich – einem ehemaligen Kollegen und schlug vor, uns doch „bald" einmal zu treffen. Seine Antwort schockte mich. Er schrieb mir zurück und schlug zwei (!) Termine in der folgenden (!) Woche vor.

Wer um Himmels willen kann denn so kurzfristig über seine Zeit verfügen? Ich schüttelte noch meinen Kopf über so viel Spontaneität, bis ich doch ins Grübeln kam.

Was sagt es über mich und mein Umfeld, aus, dass ich es als absolut normal empfinde, Wochen – oder gar Monate im Voraus einen gemeinsamen Termin zu finden?

Das letzte Nachbarschaftsfest mit Grillen: Fünf Wochen Vorlauf.

Essen mit meiner Schwester? Vier Wochen, wenn nichts dazwischenkommt.

Pralinenseminar mit meiner Freundin? Sechs Wochen.

Ich erinnere mich an ein Telefonat im Februar mit meiner alten Freundin, die 90 km entfernt wohnt. Auf meine Einladung zum Essen sagte sie sichtlich erfreut: „Oh super, lass uns mal nach Ostern ins Auge fassen." Wir haben es bis heute nicht geschafft.

Das Treffen mit meinem ehemaligen Kollegen jedoch fand in der Tat in der Woche nach unserem E-Mail-Kontakt statt.

Ich fühlte mich total jung, unabhängig und irre spontan, dass wir das hinbekommen haben!

Spätgebärende

Eigentlich müsste es sich doch herumgesprochen haben,
dass gut ausgebildete Frauen der geburtenstarken Jahrgänge
tendenziell spät gebärend sind. Die typischen Besucher von
Trinkhallen sind allerdings keine klassische Zielgruppe für
Statistiken der deutschen Demographie. So ist es zwar
theoretisch nicht verwunderlich, aber in dem Moment
schockierend, wenn ein etwas heruntergekommener Mann am
Kiosk meine Frage an meinen Sohn „Was ist denn ein Schlurpi
Lutscher?" ihm zugewandt augenzwinkernd kommentiert:
„Gell, die Oma kennt sich halt nicht so aus!"

Wie von der Tarantel gestochen fuhr ich herum, funkelte ihn
an und knurrte: „OMA?!"

Sichtlich erschrocken und verwirrt stammelte dieser ...
Mensch.... „Hehe, oje, oder doch die Mama?" Mein Sohn lachte
sich natürlich halb schlapp, bis ich ihm den ganzen Rückweg
die schlimmen Auswirkungen des regelmäßigen
Alkoholkonsums auf die Sehfähigkeit erklärte. Was ich
anscheinend in meiner grenzenlosen Fassungslosigkeit so
beeindruckend meisterte, dass mein Sohn eine Weile jedes Glas
Wein, das jemand in seiner Nähe trank mit einem „Ist das auch
Alkohol? Das ist gefährlich, da wird man blind" kommentierte.

Richtig schlimm wurde es jedoch bei einer Weihnachtsfeier.
Ich hatte mich richtig aufgebrezelt, mit Leggings, einer langen
Tunika und Overknee Stiefeln, es war einer der wenigen good
hair days und im Raum herrschte mildes Licht. – Kurz, ich kam

mir vor wie Heidi höchstpersönlich. Wir saßen zufällig neben einem uns nicht bekannten Ehepaar, das weder blind, Alkoholiker oder geistig minderbemittelt war. Mein Göttergatte erzählte dem neben ihm sitzenden Ehemann eine kleine Anekdote über seinen entzückenden Sohn, als sich die neben mir sitzende Frau zu mir herüberbeugte und sagte: „Ach, wir haben auch einen ganz süßen Enkel in dem Alter." Leider war durch die Betonung des Wortes „Enkel" auch hier ganz offensichtlich, dass sie mich für alt genug hielt, Großmutter zu sein. Etwas kurz angebunden erwiderte ich „Das ist unser SOHN." Anstatt nun vor Scham im Erdboden zu verschwinden, hob diese Kuh den Blick, schaute mich an und sagte „Ach?!"

Informiert sich denn keiner mehr über demografische Trends in der deutschen Gesellschaft??

Stress

Vielleicht bin ich ja ein bisschen gemein.

Aber wenn mir meine Single Bekannte mit 60 qm Wohnung und 30 Stunden Job in der Stadtverwaltung von ihrem immensen Stress erzählt, geht es mir genauso, wie wenn ich das gleiche vom weiblichen Teil eines Doppel-Verdiener Pärchens mit 4x wöchentlicher Zugehfrau, Kantinenessen, und Dauer Abo in der Reinigung höre.

Ich muss schmunzeln.

Auf meine Frage, was denn so stresst, stöhnte meine DINK (double income, no kids) Bekannte. Sie muss 4x pro Woche zum Sport, 1x pro Woche zur Massage, jeden Monat 1x jeweils zum Friseur, zur Maniküre und Pediküre sowie der Kosmetikerin.

„Und dann erwarten meine Eltern zwei Mal im Monat einen Besuch, und meine Schwiegereltern muss ich auch wöchentlich anrufen!" „Du lieber Himmel, du fährst zweimal im Monat nach Hamburg zu deinen Eltern?" „Nein, sie sind umgezogen, nach Bad Vibel!!"

Eieiei, das sind ganze 20 Kilometer weg von hier ... verzweifelt schaute sie mich an. „Ich habe kaum Zeit, meinen samstäglichen Wochenendbrunch mit meinen Freundinnen zu genießen! Und dann noch jeden Donnerstag und Freitag mit Peter essen gehen und Kino, Vernissage, oder Konzert – ich weiß nicht mehr, wo mir der Kopf steht!"

Die Ärmste!

Eine weitere alleinstehende Bekannte hat ähnliche Probleme. „Einkaufen, Bett machen, saugen, und dann muss ich mich noch um meine Katze kümmern! Weißt du, was das für einen Zeitaufwand bedeutet?! Ich bin total fertig."

Ja, ne, echt schlimm.

Synchronität

Viele Frauen können sich vielleicht an ein Phänomen früherer Jahre erinnern – an die Synchronregel. Im Abstand von genau 4 Wochen fand man sich mit den gleichen Nasen auf der Bank im Sportunterreicht wieder, weil man wegen seiner Regel nicht teilnehmen konnte. Auch in längeren Urlauben, WGs, oder allgemein unter besten Freundinnen hatten einfach alle Mädchen zur gleichen Zeit ihre Tage.

Im Moment scheint diese Synchronität auf ein anderes Feld übergegangen zu sein: unsere Umwelt. An einem einzigen Dienstag beklagte sich meine Freundin Susanne über die Unmöglichkeit ihrer Familie: „Ich bin den ganzen Tag rumgerannt, habe gearbeitet, eingekauft, gebügelt und die Kinder herumgefahren, und das Einzige, was ich beim Abendessen höre war: Ist das etwa abgepackte Wurst, wieso gibt es und keine Wurst von der Theke?“. Ich musste lachen, denn am Vortag hatte ich auch unglaublichen Spaß mit der Familie, der darin gipfelte, dass ich nach herumrennen, arbeiten, und einkaufen, auf meine Bitte, eine Decke zu falten, die Antwort bekam: „Wieso, die hast Du doch benutzt!“.
Später rief mich meine Schwester an und fragte, ob die Welt verrückt geworden sei, denn ihr Geschäftspartner fragte sie nach einem ganzen Tag mit herumrennen, arbeiten, einkaufen, und Wäsche waschen, wann sie denn gedenke, mal die Büroräume zu saugen.

Am Abend ging ich mit Claudia eine Runde im Wald, um uns den Frust aus den Knochen zu laufen, als sie mir erzählte, dass ihr Freund sie am Montag gefragt hätte, warum sie seine Hemden noch nicht gebügelt hatte – all das nach einem ganzen Tag des Herumrennens, Arbeitens, zwei Stunden Autobahn, etc...

Ich frage mich: Sind wir, starke Frauen, die einfach viel machen, sich kümmern, und nicht jammern, selbst schuld, dass unsere Umwelt synchron von uns immer NOCH mehr erwartet?

Ich werde das beobachten. Und dann, statt mit den anderen Damen und darüber aufzuregen, mich einfach mit ihnen mal ein paar Tage absetzen. Sollen die anderen doch mal synchron auf uns verzichten!

Tanzkurs

Unsere Tochter hatte – wohl eher aus gruppendynamischen, denn aus Interessensgründen einen Tanzkurs besucht und nach einem halben Jahr stand der Abschlussball vor der Türe. Die erste Reaktion meines Göttergatten auf die Terminankündigung war ein suchender, grüblerischer Blick in die Ferne. Er überlegte, woher er denn ein Paar Krücken als legitime Ausrede für ihn als Nichttänzer bekommen könnte. Da ich ebenfalls nicht mit tänzerischer Ungestümtheit ausgestattet bin, drohte ihm von mir jedenfalls keine Gefahr, im semi-Profi Umfeld das Tanzbein schwingen zu müssen.

Der Abschlussball war ein Vergnügen. Ich hatte eine Kamera dabei und konnte, ohne aufzufallen, Paparazzofotos von meiner Tochter schießen. Es ist schon interessant, diese pubertierenden Menschen in ihrem natürlichen Jagd- und Balzverhalten zu beobachten, zumal einem das als Elternteil normalerweise nicht vergönnt ist.

Andere Mütter waren in dieses Balzverhalten meiner Meinung nach etwas emotional überinvolviert involviert, zum Beispiel die Mutter, die mich darauf hinwies, dass meine Tochter sich viel zu intensiv mit dem Freund ihrer Tochter unterhalte und meine Tochter daraufhin zu sich bat, um sie gründlichst über ihre Absichten diesem jungen Mann gegenüber zu befragen und ihr gleichzeitig andere Jungs schmackhaft zu machen: „Na, wie findest du denn Max, der ist doch ein ganz hübscher und toller Junge, oder??!!"

Mir war an diesem Abend eigentlich nur wichtig, mal aus dem Haus zu kommen, mich hübsch anzuziehen, und etwas Vernünftiges zu essen zu bekommen.

Leider musste ich auch eine Flasche Prosecco allein austrinken, was mir genug Übermut bescherte, mich mit einem Mann von unserem Tisch auf die Tanzfläche zu wagen. Unglücklicherweise bescherte mir der Prosecco keine tänzerischen Fähigkeiten, was darin mündete, dass der Herr nach einem dreiviertel Lied mich wieder an den Tisch geleitete mit dem Hinweis, dass man das wohl noch ein bisschen üben müsse.

Glücklicherweise gab mir der Prosecco genug dickes Fell, dass mich die Bemerkung nicht kränkte und ich herzhaft lachend einfach nur zustimmte.

Wie würde meine Tochter sagen? Peinlich.

Teenies

Meterweise gibt es in jedem gutsortieren Buchgeschäft Erziehungsratgeber für Eltern, insbesondere für die mit Kindern im Teenager Alter.

Vielleicht stimmt das gar nicht, aber seit meine Tochter 14 wurde, sehe ich nur noch Teenies und deren leidgeprüften Eltern vor mir. Wobei in der Regel Mütter von Söhnen und Väter von Töchtern das Ganze relativ entspannt zu sehen scheinen.

„Nein, bei uns läuft alles supergut!", sagte vor einiger Zeit der Vater des Mädchens, das er nachts um 1 vom Bahnhof abholt, die zu Hause Mutter und Schwester tyrannisiert, und die im letzten Schuljahr aus „pädagogischen Gründen" versetzt wurde, weil die der Vertrauenslehrerin erfundene Geschichten aus dem nachmittäglichen intelligenzbefreiten Fernsehen als ihre eigenen Lebensumstände verkauft hatte.

Das ist also schon mal Trostpunkt Nummer eins: schlimmer geht immer.

Bei uns hält es sich in Grenzen, wobei es die alltäglichen Zickereien und Stimmungsschwankungen von normalschlecht bis komplett genervt schlecht sind, die uns auf den Sender gehen.

Und natürlich sind wir voll peinlich.

Freitags treffen sich Horden von Teenies – einschließlich meiner Tochter- auf dem Parkplatz eines Supermarkts, um zu chillen. Vor einem Jahr habe ich niemals freitags abends 30

Jugendliche auf dem Parkplatz gesehen, was natürlich daran liegen mag, dass ich damals nicht im Traum auf die Idee gekommen wäre, um 21 Uhr einkaufen zu gehen. Inzwischen ist der Parkplatz voll von Mädchen mit langen, mitte- oder seitengescheitelten Haaren, Zara- oder Hollister Klamotten, Vans oder Chucks und Longchamps Taschen am Arm. Die Jungs erinnern mich stark an die Popper aus meiner Jugend, mit langem Seitenscheitel und Preppy-Klamotten. Dort hängt man also ab und ist ganz cool bis vielleicht die peinlichen Eltern kommen. Einer der Jungs stöhnt beim Anblick jedes Porsche Cayenne „Oh Gott sind das meine Eltern?", was für mich nicht nachvollziehbar ist, da zu meiner Zeit für uns jeder Porsche einfach nur cool war.

Wenn ich dann wage, freitags, quasi mitten in der Nacht, noch einkaufen zu gehen, weil ich meine Tochter sowieso ob der schlechten Busverbindung von dort abholen müsste, bekomme ich immer eingetrichtert:

„Aber sag nichts, und komm bloß nicht zu uns rüber!"

Als ich kürzlich einmal nachmittags auf dem Rückweg vom Büro meine Tochter von der Schule mitnahm, und bei besagtem Supermarkt auf den Parkplatz einbog, duckte sich meine Tochter in den Fußraum und schrie: „Fahr weiter, fahr weiter!!"

„Spinnst du?!" schrie ich erschrocken zurück, „Was ist denn los??" „Da sind Lea und Annika aus der A, wie peinlich ist das denn wenn sie mich nachmittags hier mit meiner Mutter sehen, als ob ich keine Freunde hätte!"

Ich kann nur sagen, unser Freund Karsten hat eine gute Idee. Er wird seinen Sohn in der Pubertät für ein Jahr ins Ausland schicken, und wenn er bei der Rückkehr sieht, dass die Pubertät noch nicht vorbei ist, wird er sich um ein weiteres Jahr in einem anderen Land bemühen.

Der Ärmste hat schon zwei Teenie-Töchter überlebt, für ein weiteres wahnsinniges Kind fehlt ihm schlicht die Kraft.

Todesahnung

Wie jede normale Festland Zentraleuropäerin, bin ich fest davon überzeugt, einmal einem Hai zum Opfer zu fallen, weil die Wahrscheinlichkeit ja auch sehr hoch ist, wenn man so wie ich in der Nähe von Frankfurt lebt.

Vor vielen Jahren saßen mein Göttergatte und ich in einem Flugzeug, das über dem Atlantik in schwere Turbulenzen geriet. Rechts und links übergaben sich die Mitpassagiere, einige weinten und jammerten "Wie stürzen ab, wir stürzen ab!"

Meine größte Sorge war, zu überleben, denn ich wusste, sobald ich als einzige Überlebende eines Flugzeugabsturzes an Trümmerteile geklammert durch die aufgewühlte See treiben würde, kämen die Haie, um mich zu fressen.

Damit wir uns nicht missverstehen, ich liebe das Meer, bin gerne im und auf dem Wasser und würde gerne an einer Küste leben, aber ich weiß eben, dass ich am Ende gefressen werde.

Jaja gerne werde ich belächelt und für leicht verrückt gehalten, aber die 70-jährige Schwimmerin, der im ägyptischen Badeurlaub direkt am Strand das Bein von einem Hai weggerissen wurde, und die dann verblutete, habe ich ja nicht erfunden.

Meine erste und glücklicherweise einzige Begegnung mit dem Tod fand in unseren Flitterwochen statt.

Gleichzeitig war es das erste und einzige schändliche Verlassen meines Göttergattens.

Wir schnorchelten im Indischen Ozean in einer Lagune. Ich erfreute mich an den farbenprächtigen Fischen, bis ich in das Gesicht eines riesigen Hais schaute.

Mein Göttergatte war etwas 10 Meter von mir weg, und instinktiv tat ich genau das, was man als Komplettidiot so tut.

In völliger Panik, wie ich sie seither nicht mehr erleben musste, drehte ich mich um, und kraulte um mein Leben an den Strand, um dem Hai zu entkommen.

Gute Idee, oder? Einem Hai einfach wegschwimmen...

Dort angekommen schaffte ich es irgendwie, „Hasi, komm raus, da ist ein Hai!" herauszupressen.

Noch heute, fast 20 Jahre später zieht mich mein Göttergatte manchmal noch über meine schmähliche Feigheit auf.

Ich wollte halt damals einfach noch nicht sterben, und mein Göttergatte ist nicht Hai-gefährdet, das weiß ich einfach.

Der richtig dicke Fisch ist noch irgendwo da draußen, wetzt die Messer und wartet noch auf mich, ich weiß es genau.

Tücke

Ich stehe in unserer – auch mit der größten Vorstellungskraft nicht als geräumig zu bezeichnenden - Küche. Ich bin 1,72 groß und wiege – na, sagen wir einmal pauschal mehr als 70 Kilo. Ich trage keine Tarnkleidung, rolle mich nicht zu einem Päckchen zusammen oder versuche in sonst irgendeiner Form, „predator-mäßig" mit meiner Umgebung zu verschmelzen.

Ich stehe also in meiner Küche. Rücken zur Ablagefläche, Beine zum gegenüberliegenden Kühlschrank ausgestreckt und checke auf meinem Handy meine Mails.

Mein Göttergatte betritt den Raum, tritt mir auf die Füße, rempelt mir über die Beine und sagt auf mein „Hey!" empört „Was stehst du mir denn hier so im Weg rum? Ich bin ja fast hingefallen!"

Stimmt. Ja. Entschuldigung.

Ich müsste doch wissen, dass leblose Objekte – zu denen ich mich in diesem Fall einmal großzügig zähle, da ich ja nur fast regungslos herumstand- jedenfalls: leblose Objekte fallen tückisch und hinterrücks über Männer her.

Steine und Bäume schnellen wie Blitze aus den Untiefen von Fahrbahnen in ihren Weg, Objekte wie Staubsauger oder Schulranzen kriechen heimtückisch in Wohnungen umher, um sich im richtigen Moment einem nichts ahnenden Mann zwischen die Füße zu werfen. Decken und Türöffnungen warten geduldig auf ihre unschuldigen männlichen Opfer, um im richtigen Moment „BAM" auf Kopfhöhe herunterzukrachen. Und auch Gläser erahnen die nächsten männlichen Bewegungen, um still und leise in den Radius eines herumwirbelnden Ellbogens zu geraten, damit sie dann mit viel Getöse auf dem Fußboden landen können. Männer ahnen, dass leblose Objekte nur darauf aus sind, ihnen Schwierigkeiten zu bereiten und versuchen, diesen Missetätern durch geschicktes Fragen „Wieso steht hier ein Glas?" auf die Schliche zu kommen.

Im Moment steht es aber 1:0 für die leblosen Objekte.

Unterwäsche

Zum Leidwesen meines Mannes trage ich nicht täglich
Dessous. Ich trage Unterwäsche. Und bei der von Victoria's
Secret hoffe ich einfach, dass das engelhafte der Modeschauen
auch auf deren sportliche Linien abfärbt. Jedenfalls trage ich
saubere, passende und bequeme Unterwäsche.
Immer.
Selbst bevor ich reiten gehe, bin ich sauber und trage
Wäsche, für die ich mich nicht schämen müsste, wenn ich nach
einem Sturz in Krankenhaus müsste. Aber eben keine Strings,
die zwischen Sattel und Hintern verschwinden und vielleicht
nie wieder aus den Tiefen auftauchen würden.
Jedenfalls trage ich „normale" Wäsche.
Warum dann verschwende ich Zeit und Gedanken daran,
mir zu überlegen, welche Unterwäsche ich zum Arzt tragen
sollte?
Ich hatte kürzlich im Abstand von 2 Wochen Termine beim
Osteopathen. Die Behandlung erfolgt in Unterwäsche. Nach
längerem Nachdenken fand ich das optimale Set. Nicht zu weiß
und baumwollig, nichts mit Spitze (was ich ja durchaus auch
besitze, nur eben selten trage), und nicht mit Sport BH.
Ein nougatfarbenes Set was sagt: Ich bin eine erwachsene
Frau, gepflegt, anständig, und nicht darauf aus,
irgendjemanden zu verführen.
Wie gesagt, das Set war das Ergebnis längeren Nachdenkers.
Ob sich ein Arzt, Osteopath oder Physiotherapeut jemals
Gedanken darüber macht, welche Unterwäsche eine Patientin

trägt? Wie viele Frauen haben sie schon vor sich stehen oder liegen gehabt? Frauen, die krampfhaft neutral wirken wollen, und so, als ob es ihnen nichts ausmacht, sich von Fremden betrachten und anfassen zu lassen?

Erzählen diese Profis ihren Frauen von den neusten Unterwäschetrends, lachen sie mit ihren Kollegen über außergewöhnliche Exemplare oder denken sie „Maier, rote Unterwäsche", wenn man sie im Supermarkt trifft?

Warum ist mir das nicht egal? Mache ich mir zu viele Gedanken?

Wenn es nach meiner Mutter geht, schon. Und sie muss es wissen, sie ist ja meine Mutter.

Ihr abschließendes Urteil zu meinen vielleicht überaktiven Gedankengängen war ein schlichtes:

„Du hast einen Knall, auch nur eine Sekunde über so einen Quatsch nachzudenken."

Wetten, dass ich nicht die Einzige bin?

Veränderungen

Äußerliche Veränderungen, die einen im Alter heimsuchen, habe ich ja schon beschrieben. Aber woher kommen nahrungstechnische 180 Grad Wendungen, die mein Gaumen im fortgeschrittenen Alter vollzieht?

Vor langer Zeit – es war einmal ein Mädchen, das in einen großen blonden Basketballspieler verknallt war. Dieser lud das Mädchen endlich einmal zum Essen ein. Leider wusste das Mädchen direkt bei Eintreten in die Wohnung, dass aus den beiden nie etwas werden konnte. Also gut, das Mädchen war ich und der gute Nick servierte warmen Ziegenkäse und hatte als Hauptspeise gefüllte Paprika gekocht, ein Essen, bei dem mir direkt das Frühstück hochkam, nur durch den Geruch. Zum krönenden Abschluss servierte er ein Marzipantörtchen, was die Sache zwar rund – aber für mich fast nicht genießbar machte.

Mir wurde tatsächlich so schlecht, dass ich mich recht bald verabschieden musste, und die fast-Romanze damit einen vorzeitigen Tod gestorben war.

Heutzutage neide ich meinem Göttergatten sein Menü mit Feldsalat mit Ziegenkäse – Honig Törtchen; gefüllte Paprika habe ich bei der Mutter meiner Freundin vor einiger Zeit bis kurz vor dem Platzen gegessen, und mich ein paar Tage später dabei erwischt, einen Marzipanstollen zu essen.

Es ist interessant, dass der Geschmack sich weiterentwickelt, aber solche kompletten Veränderungen sind doch fast unnatürlich. Als nächstes fange ich noch an, Petersilie und Koriander zu essen! Igitt!

Aber auch im Bereich der Fantasie tut sich etwas. Früher hatte ich eine blühende Fantasie. Meiner Klassenkameradin erzählte ich von Häschen, die angeblich in einem Zwischenboden unserer Garage wohnten und war dabei so überzeugend, dass sie nicht locker lies, und ihre Mutter letztendlich meine anrief, um sie zu bitten, ihre Tochter einmal auf den Zwischenboden in der Garage zu lassen.

Was bei meiner Mutter ein gewisses Unverständnis hervorrief, bis die Mutter von Steffi die Katze – oder vermeintlichen Häschen- aus dem Sack ließ.

Also kurz, ich hatte eine schöne, blühende Fantasie.

Diese blüht heute auch noch, allerdings ist sie nicht mehr schön, sondern beschränkt sich im höchsten Maß auf Grausamkeiten.

Geht meine Tochter in der Dämmerung zum Bus, erwarte ich ein paar Stunden später zwei Polizisten vor der Tür, die mir mitteilen, sie wurde angefahren.

Gehe ich durch eine Menschenmenge, halte ich Ausschau nach Menschen mit Regenschirmen, von denen ich überzeugt bin, dass sie mir vergiftete Spitzen in den Oberschenkel rammen wollen, weil sie mich mit einer Superspionin verwechseln.

Gehe ich in Socken die Treppe hinunter, warte ich eigentlich sekündlich darauf, abzurutschen und mir den Hals zu brechen.

Fahre ich bei grün über die Ampel, bin ich erstaunt, wenn ich nicht von einem volltrunkenen Hirni, der bei rot mit 120 über die Kreuzung kachelt, seitlich gerammt werde.

Manche Veränderungen sind einfach wahnsinnig anstrengend!

Vergleiche

Sind wir so phantasielos, dass wir alles mit etwas Bekanntem vergleichen müssen, um uns davon ein Bild zu machen?

Und ganz ehrlich – sind diese Vergleiche dann auch immer hilfreich?

Wie genau stellt sich meine Bekannte das Buch vor, an dem ich schreibe, wenn sie auf meine Beschreibung hin sagt „Ach so, wie das Buch von Dolly Buster nur ohne Sex und mit mehr Mutter?" Ich kann dazu nicht einmal Stellung beziehen, weil ich das Buch von Dolly Buster nicht kenne, aber irgendwie habe ich eine leise Ahnung, dass es doch etwas anders sein wird.

Und warum kennt meine Nachbarin das Buch und warum in aller Welt assoziiert sie mich und was ich tue mit Dolly Buster?

Und warum genügt es nicht zu sagen: „Das Wetter dort war heiß und trocken, nur abends wurde es empfindlich kühl." Warum könnte man seinen rechten Arm darauf verwetten, dass das Gegenüber „Wie in Arizona, oder?" antwortet. Kann man sich heiß, trocken, und abends kühl nicht ohne „Wie in ..." vorstellen?

Ganz schrecklich wird es dann beim Essen.

Das Klischee, dass alles Exotische irgendwie nach Hühnchen schmeckt, ist schon komplett antiquiert und man kann sich nur wundern, dass es dennoch immer wieder gerne zur Verwendung kommt.

Aber bitte, was soll ich antworten, wenn mich jemand nach dem Geschmack von Wagyu Rind fragt, der erstens nicht weiß, was es mit dem Fleisch auf sich hat, und zweitens Vegetarier ist. „Wie Tofu nur mit intensivem Fleischgeschmack." Hilft das? Die passende Antwort in diesem Fall wäre eher, „Kann ich nicht beschreiben, probier' doch mal." Aber die Blöße, vergleichslos zu sein, will sich niemand geben.

Schwierig ist es bei Personenbeschreibungen. „Die sieht echt aus wie du, wirklich vom Typ her totaaal ähnlich!" ist eine Beschreibung, die zumindest die Alarmglocken zünden sollte. Im schlimmsten Fall kann man sich ob des anstehender Selbstmords schon einmal gleich die Urne aussuchen.

Der total ähnliche Typ ist nämlich wahlweise 20 Jahre älter, 30 Kilo schwerer, hat schwarze Haare, Warzen, und eine Hakennase und ist auf den ersten Blick gleich so unsympathisch, dass man sie in Schurkenstaaten durch das bloße Zur Schau-stellen gerne als Folterknecht einsetzen würde.

Aber wie gesagt: echt totaaal ähnlich. So vom Typ her.

Vollpfostenkinder

Dass ich kein grundsätzlich unbändiger Fan von Kindern bin, kann man an der Tatsache erkennen, dass ich mir mit dem Empfang ebendieser genügend Zeit gelassen habe. Nun sind meine Beiden da und was soll ich sagen, ich liebe sie über alles. Dieses Gefühl hat jedoch meine Gehirntätigkeit nicht so weit eingeschränkt, dass ich nun alles, was unter 14 auf dieser Welt kreucht und fleucht per se goutiere.

Im Gegenteil.

Die meisten Kinder sind mir hochgradig suspekt, auch wenn sie in der Regel nichts dazu können.

Die meisten Vollpfostenkinder haben eben auch Vollpfosteneltern.

Da ist das Mädchen, das bei einer 2 in der Arbeit weinend im Unterricht sitzt – ihr Vater stellt der Lehrerin, die diese schreckliche Note vergeben hat, auf dem Elternabend natürlich jegliche pädagogische Qualifikation in Abrede.

Oder der Junge, der seine Mutter mit aller Wucht in den Allerwertesten tritt, weil sie seinen Tennisschläger, der in der Tasche vor ihm steht, nicht schnell genug herausholt. Woraufhin diese ihn mit großen Augen anschaut und sagt: „Schätzchen, wir habe doch darüber gesprochen, dass Mami traurig wird, wenn du sie trittst oder beißt." Oder die Kinder, die bei einer Durchsage während der Seenotrettungsübung partout nicht die Klappe halten können. Deren Vater meinen

Göttergatten nach einem „Psst" anherrscht „Hier sprechen die Kinder, hauen sie ab, wenn ihnen das nicht gefällt!"

Oder der pubertierende Junge, der neben mit im Flugzeug sitzt und sein von seiner Mutter geschmiertes Butterbrot mit solch lautem Schmatzen vertilgt, dass ich mich frage, ob seine Eltern gehörlos sind. Aber Mami streicht ihm durchs Haar und sagt noch „Ich freue mich so, wenn es dir schmeckt."

Meine eigenen Kinder sind da völlig anders. Nicht, dass wir uns missverstehen – sie können wunderbar mit Ellbogen auf dem Tisch, sich streitend wie zwei Kesselflicker oder zickig und maulig durch den Tag gehen. Ich verstehe nur nicht, woher sie das haben, sie haben doch so tolle Eltern!

Vögel

Nein, ich schreibe nicht über Vögel, weil mir zufällig eine Geschichte, die mit „V" anfängt, fehlt. Milde gesagt mag ich keine Vögel, manche finde ich richtiggehend widerlich. Das passt natürlich nicht zu meinem toleranten, offenen, tierlieben Selbstbild, ist aber so.

Eine der frühesten Erinnerungen ist die meiner Mutter im Bikini, vor dem Spiegel stehend, sich das Gesicht schrubbend, den Tränen nahe, nachdem sie ein Vogel mit einer Ladung Vogeldreck direkt auf den – zum Glück geschlossenen- Mund aus dem Mittagsschlaf auf dem Balkon geweckt hatte.

Überhaupt – Mittagsschlaf.

Trotz dieser frühkindlichen Prägung zieht es mich im Sommer im Abstand von ein paar Wochen in den Garten auf das beste Investment, das ich im letzten Jahr getätigt habe: Meine leichte, bequeme, und überall hin rollbare Aluliege für € 39,00. Wie schön muss es sein, im Schatten eines Baumes sanft vom Wind gestreichelt, in den Schlaf gewiegt zu werden. Aber keine Chance! Gibt es eigentlich Untersuchungen über die Lärmbelastung und gesundheitlichen Auswirkungen durch Singvögel? Ein ohrenbetäubendes Geschrei, Gezwitscher und Gezeter, das sich in einem sonst so friedlichen Garten abspielt. An Schlaf ist nicht zu denken!

Oder diese blöden Meisen, die jeden Morgen unseren Rollladen attackieren, ihn mit ihren Schnäbeln malträtieren und später, wenn er hochgezogen ist, sich aufplusternd und hektisch flügelschlagend ihrem „feindlichen" Spiegelbild entgegenwerfen und es zu vertreiben versuchen.

Ganz schlimm hat mich auch ein Tierfilm über junge Amseln im Nest schockiert, in dem detailliert und unterstützt durch mikroskopische Aufnahmen gezeigt wurde, wie eine junge Amsel nach einer kleinen Verletzung elend an Milben und Parasiten zugrunde ging.

Und bevor ich nun wie eine komplette Irre klinge, habe ich einen letzten wahren Beweis, dass meine Abneigung gegen Vögel völlig legitim ist.

Nach einem euphorischen Shoppingtag in New York trat ich bepackt mit Tüten aus einem Geschäft. Über mir hörte ich ein seltsames Geräusch und ich nahm aus dem Augenwinkel den erschrockenen Gesichtsausdruck meiner Schwester wahr. In diesem Moment knallte mir mit einem schrecklich lauten Geräusch eine tote Taube vor die Füße, der Kopf riss ab und ein Regen ganz sicher milbengetränkter Federn rieselte auf mich herab.

Wenn ich beim Bezahlen auch nur 5 Sekunden schneller gewesen wäre, wäre dieser tote, milbenverseuchte Vogel direkt auf meinem Kopf gelandet! Dieses Vieh hätte mir garantiert den Kopf gespalten!

Ich raste wie von Sinnen zum Hotel, warf mein T-Shirt und meine Shorts in eine Plastiktüte, die ich sofort auf dem Gang zur Abholung deponierte und duschte so lange und ausgiebig, dass ich mich im Nachhinein wunderte, keine Zusatzrechnung über den immensen Heißwasserverbrauch erhalten zu haben.

Ich hasse Vögel; das ist doch nachvollziehbar, oder?

Waschmittel

Heute kam ich an einem Regal mit neuem flüssigem
Waschmittel vorbei. Sah nett aus, und die Duftbeschreibung
verhieß Leckeres für meine Reitklamotten. Apfelblüte.
Trotzdem musste ich natürlich daran riechen.

Überhaupt ist meine Nase eines meiner Lieblingsorgane, ich
rieche an allem und jedem. Sehr zum Unglück meines
Göttergatten, der dies schlicht unmöglich findet und mir bei
verschiedensten Gelegenheiten gerne einmal zuraunt „nicht
den Rüssel reinhängen", so z.B. im Restaurant. Als ob ich das
dort täte. Wobei... Nase und Geschmackssinn hängen nun
einmal stark zusammen, wie unser alter Metzger nach einer
missglückten Polypen Operation leidvoll erfahren musste. Er
konnte nämlich nichts mehr riechen und auch nichts mehr
schmecken, warum er seinen Beruf fast an den Nagel hängen
musste.

Aber zurück zu den Apfelblüten.
Ich roch an dem Waschmittel, kaufte es dann auch und legte
es in meinen Einkaufskorb aus Segeltuch neben den Apfelsaft –
wie bezeichnend. Zu Hause angekommen wollte ich diesen in
den Kühlschrank stellen, als er mir fast aus der Hand glitt. Die
Apfelblüte war ausgelaufen. Fluchend lief ich ins Badezimmer,
um Apfelsaft und Einkaufskorb abzuwaschen. Dummerweise
war ich so im „Abwaschen" Modus, dass ich nicht daran dachte,
erst einmal das überschüssige Waschmittel mit einem

Papiertuch aus dem Korb zu wischen. Nein, Wasser an und immer draufhalten. In kürzester Zeit bildeten sich wilde Schaumkronen in meinem Waschbecken. Und auch in dem Waschbecken nebenan stiegen fluffige Schaumbällchen aus dem Ausguss auf. Panisch verlagerte ich die Ausspülaktion in die Badewanne und bald sah das ganze Bad aus wie nach einer wilden Schaumparty in einer Disco auf Ibiza. Ich will nicht wissen, wie viel Wasser ich brauchte, um Herr des Waschmittels zu werden und das Bad wieder in einen vernünftigen Zustand zu versetzen.

Aber immerhin.

Mein Einkaufskorb war wohl noch nie so sauber und mein Bad duftet wie ein Apfelhain in voller Blüte. Trotzdem. Beim nächsten Haushaltsunglück werde ich es wohl mal erst mit Nachdenken versuchen.

Wertschätzung

Kürzlich erhielt ich eine unglaublich nette E-Mail von unserem amerikanischen Vizepräsidenten. Er dankte mir aus ganzem Herzen für meine tolle Leistung, meinen sagenhaften Einsatz und die fantastische Arbeit, die ich in den letzten Monaten zur Erreichung unserer weltweiten Strategie geleistet hatte.

Ich war gerührt.

Als Zeichen seines Dankes würde ich € 38.6714 in meiner nächsten Gehaltsüberweisung erhalten.

Ich fiel fast über meine Beine, so schnell stürzte ich die Treppe zu meinem Göttergatten hinunter. Nach Jahren warmer Worte kam endlich die unglaublich fette, höchstverdiente Belohnung.

„Stell dir vor", begann ich, und las ihm die sehr rührende und pathetische Mail vor. Bei der Summe stutze ich. Da war eine Nummer zu viel. Oha. Das konnte nicht stimmen.

Ich rief also meine amerikanische Kollegin an. „Joan, was ist denn diese komische Summe in dem netten Schreiben, das ich bekommen habe?" „Wieso?" fragt sie. „Na ja", sage ich „Das kann irgendwie nicht sein". Stille. „Joan?" „Warte, ich rechne noch einmal nach", sagt sie nach ein paar Sekunden. „Du lieber Himmel, stimmt", sagt sie. „Du hast Recht, das stimmt wirklich nicht, nach dem heutigen Wechselkurs sind es nur noch € 38 und 64 Cent....

Anna ... Anna?"

Xtrem-Nettgkeiten

Unser Urlaub in Österreich startet mit einem Ritual, das mich in Form von Hüftgold noch lange nach der Rückkehr beschäftigt: Dem Besuch einer Pralinenfabrik, die zwischen Regensburg und Passau direkt an der Autobahn liegt. Es ist ein Paradies für Menschen wie mich. Unzählige Variationen und Abwandlungen des Themas Schokolade – und wichtig für meinen Göttergatten und die Kinder – mit einer riesigen Abteilung Lakritze gesegnet.

Im letzten Jahr entschlossen wir uns, um 5:30h in den Urlaub zu starten, um vor der erwarteten Reisewelle aus Nordrhein-Westfalen und Holland die A3 Richtung Osten zu surfen.

Wir fuhren tatsächlich pünktlich ab und waren so schnell, dass wir bereits um 7:40h auf den Parkplatz der Fabrik fuhren. Da diese erst um 8:00h öffnet, nutzte ich die Gelegenheit, mir ein bisschen die Beine zu vertreten. Ich war noch nicht weit in den kleinen idyllischen Weiler vorgedrungen, da hörte ich meinen Sohn rufen: „Die Tür geht auf!" Und tatsächlich sah ich, wie meine Familie durch den Eingang stürmte. Als ich dort ebenfalls ankam, und die Verkäuferin fragte, warum sie denn schon früher aufgemacht hatte, schaute sie mich verständnislos an und sagte:

„Wir haben sie doch auf dem Parkplatz gesehen, da können wir sie doch nicht noch 20 Minuten warten lassen!"

In welcher Welt leben wir eigentlich, wenn wir vernünftiges Geschäftsgebaren und Kundenorientierung als erzählungswürdige Ereignisse betrachten? Warum ist es toll, wenn sich Geschäftsleute bewegen, anstatt möglicherweise Umsatz zu verlieren?

Nun, in einer Welt, in der es normal ist, eine Kundin, die für 50 Euro Konfirmationsbilder kaufen will, 10 Minuten vor dem Laden warten zu lassen, obwohl man drinnen nur damit beschäftigt ist, einen Prospekt anzuschauen. Um 9 Uhr ist Öffnungszeit!

Die Doofe kauft ja doch. Zähneknirschend, weil dieser Fotograf eben ein Monopol hat.

Oder wenn man als Apotheke das gleiche Mittel wie im Drogeriemarkt 4 Euro (bei einem Preis von 12 Euro!) teurer verkauft und darauf angesprochen schnippisch wird, obwohl die Kundin gerade für 60 Euro noch andere Medikamente gekauft hat. Ich muss nicht betonen, dass ich diese Apotheke nie wieder und den Fotoladen erst wieder gezwungenermaßen zur Konfirmation meines Sohnes betreten werde.

Aber wir wollten ja bei den Nettigkeiten bleiben.

Eines Tages fand ich einen Brief vom Zollamt Hanau in meinem Briefkasten. Ich solle mein Paket dort abholen, weil es Unklarheiten bei der Verzollung gebe.

Meine Rechnung für die Bestellung sollte ich doch auch gleich mitbringen. Hm.

Erstens hatte ich nichts bestellt, und zweitens hasse ich Hanau, weil ich mich dort jedes Mal derart verfahre, dass ich Stunden brauche, um wieder nach Hause zu kommen. Meine Neugier ließ mir allerdings keine Ruhe. Ausgerüstet mit Navi und ausreichend Proviant machte ich mich also auf nach Hanau zu Zollamt. Was ich nach dem 2. Hinschauen auch fand, da es ein fast schon altertümlicher kleiner Bau in der Hafengegend war. Na gut, denn man rin in die jute Amtsstube. Als Austausch für mein Benachrichtigungsschreiben wurde mir ein riesiges Paket ausgehändigt.

„Ich habe keine Ahnung, was da drin ist.", erklärte ich dem skeptischen Zollbeamten. „Das ist aus Amerika, haben sie nichts bestellt? Hier steht ein Warenwert von $ 400 – da wird die Einfuhrsteuer teuer!", erklärte mir der weiterhin leicht zweifelnd schauende Beamte. Er bemerkte irgendwie dann aber doch, dass meine schauspielerischen Fähigkeiten nicht ausreichen würden, meine grenzenlose Ahnungslosigkeit zu spielen, und er schlug vor, doch an Ort und Stelle das Paket zu öffnen.

Spätestens jetzt war er so neugierig wie ich auch.

Nach dem Öffnen des Paktes quoll uns ein riesiger handgemachter Quilt meiner Ex-Schwiegermutter entgegen. Da in Amerika Quilts eine Art Kunstform und damit sicher auch einen gewissen Wert darstellen, hatte die Gute den Wert des Geschenks mit $ 400 angegeben. Der Mann schaute mich etwas mitleidig an. „Das ist also ein handgemachtes Geschenk, eine Art Handarbeit?" „Ja, schauen sie, hier hat sie von Gerri for Anna eingestickt!" Er sah mich an, schaute langsam nach unten, und sagte: „Dann werde ich den Inhalt mal schätzen, ist ja kein Smartphone." „Das Ding ist € 45 wert, da fallen keine Steuern an.", verkündete er mit fester Stimme. Packen Sie es ein, und nehmen sie es mit."

Wow, seit wann sind Zollbeamte als Menschen mit großem Herzen bekannt? Seit diesem Mann.

Und wieder frage ich mich, warum wir uns über kleine Nettigkeiten so riesig freuen können. Dinge, die denjenigen, der sie verteilt, nicht kosten, ihm keine Schmerzen oder Nachteile zufügen. Ich versuche, meinen Mitmenschen auch Nettigkeiten zukommen lassen, und manchmal gelingt es mir auch – kostet ja nix.

Yoga

Wie es sich für jede Mittelklasse Ü 40 Frau gehört, mache ich Yoga. Meine alte Schulfreundin ist daran schuld, dass sich mir ähnlich wie der Besatzung des „Raumschiff Enterprise" völlig neue Welten erschließen. Eigentlich kam ich dazu wie die Jungfrau zum Kinde – als absoluter Nicht-Esoteriker war Yoga für mich immer etwas für weltfremde Zahnarztfrauen, die aus Langeweile das innere Ich suchen und mit ihren Gefühlen in Einklang kommen müssen, oder für versprengte Althippies. Christiane überzeugte mich aber in einer meiner Rückenschmerz- Agonie- Stunden, dass die Übungen einfach nur gut für meinen Rücken sind.

Na gut, ich finde also eine Yogalehrerin, die einen sehr sympathischen Eindruck macht und melde mich zur Probestunde an. Alles schön und gut, wir turnen uns also durch verschiedene Stellungen, die nach null Bewegung aussehen, aber innerhalb von einer Minute meine Muskeln an ihre Grenzen bringen. Dann das Ende der Stunde. Ich kann nur sagen, IMMERHIN war ich vorgewarnt.

Sie fängt an zu singen und schlägt uns vor, einzusteigen: „Ummmschakalakaommmaaairgendwas". Ich schlucke.

„Jetzt tönen wir noch drei Mal gemeinsam das O-M." Aha, denke ich noch, als alle tief einatmen und langsam aus voller Brust ooooommmm tönen.

Ich bin kurz vor einem Herzkasper.

Ich schniefe, Tränen schießen in meine Augen, mein Körper bebt und ich kann mich nur unter Aufwendung aller Kraft vor einem kompletten Lach-Flash retten. So etwas hatte ich zuletzt vor 30 Jahren, dass ich minutenlang hysterisch lachend auf dem Boden rollte. Und jetzt bin ich kurz davor, dies einmal wieder zu erleben.

Zum Glück hatte mir Christiane vom „om" erzählt und ich wurde nicht überrascht, so kann ich mich einigermaßen zusammenreißen, auch wenn mein Heiterkeitsanflug etwas missdeutet wird: „Ja, das sind manchmal emotionale Momente, die wir zulassen dürfen" sagt die Yogalehrerin, welche die Tränen in meinen Augen und das Beben meines Körpers eindeutig falsch einschätzt.

Jedenfalls bin ich jetzt seit Jahren in dieser Gruppe und mache jede Woche dort meine Yogaübungen. Kürzlich kam ein neuer Mann zur Probestunde. Ich sah seinen skeptischen Blick, als wir die Übungen starteten, als wollte er sagen „Das ist alles?" Am Ende der Stunde saß er mit hochrotem Kopf und schwitzend auf seiner Matte und ich hörte seltsame Laute aus seiner Kehle, als wir das O-M tönten.

Ich glaube, er hat auch nicht geweint.

Zahlenmeister

Viele Kinder pflegen einen eigenwilligen Umgang mit Zahlen. Da wird jeder Regenwurm 5 Meter lang, die Sonne ist ungefähr 100 Meter von der Erde entfernt, der Schulranzen wiegt 10000 Kilo und Opa und Opa wohnen 100 Millionen Milliarden Kilometer entfernt.

Den meisten Kindern lehren die Erfahrung und der Matheunterricht mit der Zeit, größen- und Entfernungsangaben zu präzisieren... auch wenn Jungs ein Leben lang der Unterschied zwischen 15 und 30 Zentimetern verborgen bleibt. Aber das ist wohl ein anderes Thema. Also selbst, wenn ich weiß, dass mein Sohn mit seinen Zahlenangaben –sagen wir – kreativ sein kann, erschütterte mich doch folgendes Gespräch:

Ich muss vorschicken, dass der junge Herr völlig von der Titanic und ihrem Untergang besessen ist. Titanic Bücher sind die einzigen Schriftstücke, die er freiwillig in die Hand nimmt, und er nennt eine große Kollektion T-Shirts, Bleistifte, Modelle, Legoabbilder, etc. sein Eigen.

Etwas fehlte in seiner Sammlung offenbar und so fragte er mich kürzlich: „Hast du eigentlich noch eine Zeitung von früher, in der über den Titanic Untergang berichtet wurde?" Ich: „Bitte??" Er: „Naja, von früher halt, als das passiert ist, als du ein

Kind warst!" Ich: „Wann ist die Titanic gesunken?" Er, wie aus der Pistole geschossen: „April 1912." Ich: „Schatz, ich bin etwas später geboren, wenn ich da schon auf der Welt gewesen wäre, wäre ich jetzt über 100 Jahre alt!" Er:" Also hat Opa noch eine Zeitung aus seiner Kindheit?" ...

Wir arbeiten noch am Zahlenverständnis.

Zentralgestirne

Ich liebe Mensche, die immer im Mittelpunkt stehen müssen. Nein, die Runde hat gerade kein anderes Thema als die Verdauungssorgen deines Zwergpudels oder die entscheidende Sinnfrage, ob du deinen Scheitel rechts, links, oder doch in der Mitte tragen solltest. Noch besser ist es, wenn die gleiche Person beim Essen halblaut die Speisekarte liest, um dann bei jedem Gericht laut die Auswirkungen auf ihre Haut/Magen/Darm oder das Allgemeinbefinden (hmmmmm...an...brabbelbrabbel...Soße...VON KORIANDER WERDE ICH IMMER MÜDE) zu verkünden. All dies, während der Rest von uns sich einfach nur zwischen Rindfleischcurry und gebratener Ente entscheiden will.

Natürlich ist besagte Person Pseudovegetarier. Vegetarier strengen mich schon ein bisschen an, wenn sie mich mit hochgezogenen Augenbrauen beim Rumpsteakverzehr betrachten. Aber ich respektiere, wenn jemand aus Umwelt- oder Tierschutzgründen den Verzehr von Fleisch ablehnt. (Hatte ich erwähnt, dass ich extrem tolerant bin?) Jedenfalls haben Pseudovegetarier mit solchen Petitessen aber nichts am Hut. Sie wollen einfach nur im Mittelpunkt stehen.

„Also, ich esse nichts mit einem Gesicht." Klar, wer würde die Fratze eines Hummers oder einer Garnele auch schon als Gesicht bezeichnen?

„Also ich esse nur Geflügel. " Den Hühnern auf den Farmen geht es auch sicher besser als jedem Bio-Rind.

„Also, ich esse nur Tiere, die über 1 Jahr alt sind." Sorry, das ist so hirnrissig, dazu fällt mir noch nicht einmal ein doofer Spruch ein!

Diese und ähnliche Statements werden bevorzugt von tapezierten Skeletten ähnlichen Künstlerinnen, Werberinnen, oder Montessori Müttern in der Lautstärke eines landenden Düsenjets und Beifall-heischend umherblickend in Szenerestaurants kundgetan.

Es folgt ein Vortrag darüber, warum/wieso/weshalb dies so ist und warum es so WICHTIG ist. Wehe, man schenkt der Vortragenden dabei nicht genügend Aufmerksamkeit. Tap-tap-tap- knochiger Finger auf meinem Unterarm „... das musst du als Frau und Mutter doch völlig nachvollziehen können..." Während ich mir in meinem tiefsten Inneren überlege, ob es wohl Lärm macht, wenn ich diese winzigen Knöchelchen einzeln breche, strafe ich die Nervensäge mit dem ultimativen Mittel.

Eine kurze, abwesende Kopfbewegung in ihre Richtig, ein kurzes, hingenuscheltes „Moment eben" gepaart mit der demonstrativen Zuwendung zu meinem Göttergatten und der Frage: „Was nimmst du, Rindfleischcurry oder Ente?"

DANKE

An Toggi, den Göttergatten und Covergestalter, an meine restliche Familie, Freunde, und die speziellen Charaktere, die manche Situationen einfach zum Schreien (komisch oder aus Frust) machen und an alle tollen Frauen, die mich an folgenden Witz erinnern:

Sagt der Interviewer im Bewerbungsgespräch: „Die Stelle wurde vorher von zwei Männern besetzt". Daraufhin die Bewerberin: „Oh, es ist nur eine Halbtagsstelle?"